I0657085

LAURENCHET 1970

LES MEMOIRES

DU

*COMTE DE P****

PREMIERE PARTIE.

L'HOMME
TEL QU'IL EST,
OU
MÉMOIRES
DU COMTE DE P***
ÉCRITS PAR LUI-MÊME,

Traduits de l'Allemand fur la 4ᵉ. Edition.

Par Mlle. DE MORVILLE.

PREMIERE PARTIE.

1283

A AMSTERDAM,

Et se trouve à PARIS,

Chez VALADE, Libraire, rue S. Jacques,
vis-à-vis celle de la Parcheminerie.

M. DCC. LXXI.

A VOUS.

A VOUS dónt je connois le cœur, le caractere & l'esprit ; ce livre qui a pu vous amuser, vous est dédié. Vous connoissez une partie de mes sentiments, connoissez-les tous : croyez que votre mérite ne m'est point échappé , & que vos vertus vous assurent le juste hommage ij

que je vous rends. Cette Epitre
secrette , qui ne sera connue
que de vous , que la sincérité
dicte , est le sûr garant de tout
ce que vous m'inspirâtes dès
l'instant où je vous vis.

Je suis très-respectueusement,

DE VOUS,

La sincere Admiratrice ,
DE MORVILLE.

AVERTISSEMENT.

Les Allemands, dont la Littérature est à peine connue en France, mettent les Mémoires du Comte de P*** au rang de leurs meilleures productions dans ce genre léger qui nous plait tant, & qu'ils cherchent préſentement à imiter. Cette Nation, eſtimable à tous égards, offre un vaſte champ, & promet une récolte abondante à qui aura le courage d'écarter de ſes Ouvrages certaines plantes de terroir qui bleſſent au premier aſpect le goût délicat des François. Il eſt vrai que les Ouvrages dont on a juſqu'à préſent prétendu enrichir notre Littérature, ſont peu propres à produire l'effet qu'on s'en étoit promis : la maniere de les préſenter y a ſans doute contribué. Les *Geſſner*, les *Halter*, les *Klopſtock* ſont traveſtis, & devroient être traduits.

L'Hiſtoire du Comte de P*** n'eſt point un Roman. L'Editeur a connu ce Seigneur, & tient de lui ce qu'il raconte. Ce n'eſt point comme dans nos

Romans, la vertu la plus sublime poursui-
vie par le vice ; ce n'est point ce fatalis-
me, chimère à la mode, qui tend à la dé-
pravation des mœurs, en attribuant nos
écarts à une puissance irrésistible ; c'est
l'homme tel qu'il est en effet ; la vertu,
le vice, les passions, tantôt vaincues,
tantôt étouffant cette voix intérieure
dont tout homme est pourvu ; voilà ce
que renferme cet Ouvrage, & ce qui m'a
engagé à y ajouter le titre d'*Homme
tel qu'il est.*

Si cette traduction plaît, si mes premiers efforts sont agréables au Public,
j'oserai lui présenter des productions
Allemandes dans un genre plus sérieux
& plus fait pour intéresser, & pour
être connus par ceux qui cultivent les
Lettres.

FAUTE A CORRIGER.

PREMIERE PARTIE, pag. 72, ligne 5, après
les mots Réjouissez-vous, Comte, mettez
ou si, &c.

LES MEMOIRES

D U

*COMTE DE P****

PREMIERE PARTIE.

JE mets au jour toutes mes foi-
bleſſes. Les malheurs que j'ai eſ-
ſuyés, les circonſtances critiques
dans leſquelles je me ſuis trouvé,
ne ſont ſans doute intéreſſantes
que pour moi : je le ſçais ; &
cependant, ſans examiner de
quel œil le monde verra ces Mé-

I. Partie. A

moires , j'ose les lui préfenter.
Que ceux qui font fiers de commettre des crimes , me permet-
tent d'expofer à leurs yeux un
tableau fait pour les rendre à
leurs devoirs , à eux - mêmes.
C'eft uniquement pour eux que
cet Ouvrage eft fait. Je n'ai pas
rougi de commettre des fautes ;
dois-je rougir de les avouer ?

Je fuis fils du Comte de P***,
& de Mademoifelle de ***. Mon
Pere jouiffoit d'une fortune im-
menfe, de tous les honneurs attachés à fon rang, & de la faveur
de fon Roi : préfent qui lui devint funefte ! Il vivoit à la Cour,
&, au milieu d'une foule de beau-
tés qui fe difputoient la gloire de
l'enchaîner, il vivoit infenfible.
Le Roi l'en badina plufieurs fois,
& lui promit de lui chercher une
maîtreffe digne de lui ; mon pere
envifagea cette promeffe comme

une plaifanterie. Il m'a fouvent
protefté que, dans le tems où fon
cœur n'étoit point encore engagé, il auroit accepté la perfonne
la plus défagréable, de la main
de fon Souverain, pour lui donner une preuve de fa parfaite fou-
miffion. Qu'il en coûte peu à un
courtifan de facrifier le bonheur
de fa vie, pour obtenir un regard
favorable!

Mon pere éprouva bientôt que
l'homme ne fçait pas réfifter à la
moindre de fes paffions. Il vit un
jour deux Dames qu'on lui fit
connoître pour Madame & Mademoifelle de R .... Madame de
R .... n'étoit plus dans fa premiere jeuneffe ; mais fon em-
bonpoint, fa fraîcheur la ren-
doient encore aimable. Elle
avoit beaucoup d'efprit & pof-
fédoit ce je ne fçais quoi, plus

II
A ij

féduifant encore que la beauté. Sa fille étoit charmante,
tout le monde l'admiroit, fe ré-
crioit fur fa beauté ; elle feule
paroiffoit l'ignorer. Un air de
modeftie, de candeur enchantoit
tous ceux qui la voyoient : un
regard, un feul regard, fit oublier à mon pere fon ambition
& fon indifférence. Les attraits
de Mademoifelle de R.... l'émurent, & lors qu'il connut fon caractere, il fe fentit enchaîné pour
jamais ; il fit connoiffance avec
Madame de R.... Ses fréquentes
vifites découvrirent fon amour :
c'étoit la premiere fois qu'il aimoit ; comment auroit-il pu cacher l'ardente paffion qu'il reffentoit ? Il s'apperçut bientôt que
Mademoifelle de R.... n'étoit pas
infenfible à fa flamme. L'amour,
dit-on, eft aveugle, mais les
amans font bien clairvoyans. Il

preſſa ſa maîtreſſe d'achever ſon bonheur, en conſentant qu'il la demandât à ſa mere : on lui fit des objections, ſon rang mettoit quelque diſtance entre Mademoiſelle de R... & lui, Madame de R... craignoit la famille du Comte qui étoit puiſſante à la Cour ; le Comte ſçut la perſuader. Malgré toutes les raiſons qu'elle lui avoit alléguées, elle ſouhaitoit l'élévation de ſa fille avec trop d'ardeur pour ne pas ſouſcrire à tout. La bienſéance exigeoit l'approbation du Roi, le Comte crut l'obtenir facilement, Mademoiſelle de R..... étant d'une famille très-noble, quoique ſans être titrée *. Il ſe

---

* Le Lecteur eſt prié de ſe ſouvenir que les Allemands ont la méſalliance en horreur, & qu'avant de ſe marier, ils dépoſent leurs titres chez leurs Notaires, comme on fait ici l'argent.

rendit au lever du Roi ; qu'on juge de son étonnement, il ou- vroit la bouche pour lui parler, lorsque ce Monarque l'interrom- pit au premier mot, & lui dit qu'il lui avoit ménagé le cœur & la main de la Comtesse de M .. le Comte confondu, saisi, se jet- ta à ses pieds, & osa lui parler des engagemens qu'il avoit des- sein de prendre avec Mademoi- selle de R.... il lui fit un portrait sincère de ses charmes, de son esprit, de son caractère, espé- rant l'émouvoir : il n'y réussit que trop bien ! Le Monarque voulut être obéi, se servit de tous les moyens possibles pour porter son favori à l'alliance qu'il désiroit. Mais qui peut surmonter un vio- lent amour, & aller contre la destinée ? Mon pere fut inflexi- ble, il refusa constamment d'é- pouser la Comtesse : tous les dangers qu'il prévit ne purent vaincre son éloignement pour elle, ou plutôt son amour pour Mademoiselle de R....

La Comtesse de M... ne méritoit en aucune façon d'être préférée à Mademoiselle de R.... Elle étoit assez bien de figure ; elle avoit de l'esprit & beaucoup ; mais elle ne l'employoit qu'à faire du mal ; elle avoit quelques bonnes qualités, mais étouffées par tant de vices, qu'à peine les pouvoit-on appercevoir. Certaines gens qui disoient avoir la clef du Cabinet, assuroient qu'elle étoit du dernier bien avec le Roi. Mon pere se trouva dans une grande perplexité ; il se voyoit contraint de choisir entre, perdre la faveur de son Roi, ou sacrifier une amante adorable, & la félicité dont il se flattoit de jouir. Le

A iv

choix n'étoit pas des plus aifé à
faire pour un homme dont le
cœur étoit partagé entre l'amour
& l'ambition. L'amour l'emporta : il fçavoit que le Roi defiroit
de voir Mademoille de R.... il
s'empreffa de le fatisfaire ; elle
parut devant le Monarque ; la
voir & l'aimer ne furent qu'une
même chofe pour ce Prince :
toutes les prieres de mon pere
ne fervirent à rien, il fallut op-
ter entre la main de la Comteffe & une difgrace complette.

Mademoifelle de R.... penfoit
trop bien pour s'abaiffer à devenir la Maîtreffe du Prince, quelque aimable qu'il fut. Sa vertu
lui avoit appris à méprifer une
place fi peu digne d'elle ; & l'a-
mour qu'elle reffentoit pour le
Comte, n'ajouta rien à fa conftance : le danger croiffoit à chaque inftant ; ils fe confulterent ,

résolurent de sortir secrétement
du Royaume , & de se marier
lorsqu'ils seroient à couvert de
toute entreprise. Madame de R...
demeura pour assurer leur évaf-
sion : ils atteignirent bientôt la
frontiere , & se marierent le jour
même de leur arrivée en.... L'inftant approchoit où leur fidélité
& leur amour alloient être ré—
compensés. Quel ravissement
pour ces tendres amans , lorsqu'ils purent unir l'amour &
la vertu ! Ils oublierent qu'ils
étoient fugitifs ; qu'ils avoient
tout à redouter de la colere d'un
Roi puissant , & de la vengeance d'une femme outragée. Leur
bonheur présent les remplit d'une
confiance téméraire : ils se cru-
rent à l'abri des événemens. Un
petit bien qu'ils acheterent , fut
pour eux le temple du Bonheur.
Châque instant augmentoit leur

tendreſſe ; ils ne pouvoient aſſez ſe dire , ſe répéter combien
ils s'aimoient : ils euſſent crû of-
fenſer leur tendreſſe mutuelle,
s'ils ſe fuſſent inquietés de l'avenir.

Le Comte reçut des lettres qui
l'affligerent: elles lui apprenoient
que tous ſes biens étoient ſaiſis ,
il fut ſenſible à cette nouvelle,
en fit part à ſon épouſe , & lui
demanda s'il lui ſeroit auſſi cher
dans ſon indigence , comme il
le lui avoit été , comblé des fa-
veurs de la fortune. Mille tendres
reproches le punirent de cette
inutile & affligeante queſtion :
l'amour les reconcilia bientôt.
Le Comte s'étoit prudemment
muni d'une forte ſomme qu'il
avoit dépoſée dans les mains
d'un ami fidele, ce qui lui aida à
ſupporter ſon malheur: pluſieurs
mois s'écoulerent dans cette féli-

cité. Pendant qu'ils goûtoient les
douceurs de l'amour & de l'hymen, la haine & la vengeance fe
préparoient à leur porter les
coups les plus cruels. Le Comte
avoit, par fes juftes refus, offenfé la Comteffe de M.... de la maniere la plus fenfible; il l'avoit
méprifée, il avoit mortifié fa va-
nité ; ces fortes d'outrages ne
s'oublient jamais. Cette femme
perfuada au Roi de redemander le
Comte & fon Epoufe à la Cour
de.... où ils s'étoient réfugiés. Un
Officier reçut ordre de les arrêter
tous deux, & de les ramener jufques dans leur patrie. Mon pere
étoit dans les bras du fommeil,
lorfqu'il fut atteint de ce terrible coup : il eut befoin de toute
fa conftance pour foutenir un
tel revers. Il effaya de gagner
l'Officier, lui promettant tout ce

qu'il voudroit exiger , s'il con-
fentoit à laiffer échapper la Comteffe : rien ne put fléchir cet homme. Comment apprendre cette
terrible nouvelle à fon époufe;
comment fupporter l'idée de la
laiffer en proie à fes perfécuteurs!
Le bruit qu'avoit fait l'Exempt,
l'avoit réveillée ; elle devina dans
l'inftant de quoi il s'agiffoit.
Toutes les précautions qu'il prit
pour l'inftruire de leur commun
malheur, devinrent inutiles ; fes
foupirs, fes larmes, les plaintes
qu'elle adreffoit au Ciel , l'inter-
rompoient toutes les fois qu'il
vouloit la confoler : on les conduifit à .... fans les féparer. Cette
attention adoucit un peu le chagrin de la Comteffe ; elle fe pla-
ça dans le carroffe auprès de fon
époux. Le plaifir de n'en être pas
féparée , lui donna la force de le
confoler à fon tour : » Pourquoi
» nous attrifter, mon cher Com-

» te, lui dit-elle, en l'embraſſant
» tendrement ; nous ſerons auſſi
» heureux dans une priſon que
» dans un Palais, pourvû que nous
» l'habitions enſemble? comment
» m'affligerois-je, ſi vous m'aimez !
» Hélas ! mes larmes n'ont que
» vous ſeul pour objet. J'ai fait
» votre malheur , vous ſeriez
» heureux ſi vous ne m'euſſiez
» jamais connue ». Chaque parole de la Comteſſe perçoit l'ame
de ſon époux ; il frémiſſoit en
penſant qu'on les ſépareroit bientôt. Ce terrible inſtant arriva ;
la Comteſſe éprouva ce redou-
blement de douleur : à peine furent-ils ſur la frontiere, qu'un
nouvel Exempt ſe préſenta, il
avoit ordre de les conduire dans
un lieu ſéparé. Ma mere ſentit
dans ce fatal moment toute l'é-
tendue de ſon malheur. Suis-je
capable de décrire cette tendre

féparation ! elle embraffoit fon époux, le ferroit fortement dans fes bras, le conjuroit de lui ôter la vie plutôt que de s'éloigner d'elle ; elle accufoit ce tendre époux, dont l'ame étoit déchirée par la douleur, elle l'accufoit de cruáuté ; lui reprochant amérement de vouloir l'abandonner. On mit fin à cette fcène attendriffante ; on conduifit le Comte dans un Château fort où on le laiffa fous bonne garde : un mois fut pour lui un fiécle de tourmens : chaque inftant repréfentoit à fon imagination troublée, fon époufe dans les bras du Roi. La religion feule l'empêcha de finir fa déplorable vie : on voulut exiger de lui, qu'il donnât les mains à la caffation de fon mariage ; on le menaça de le faire expirer dans les plus cruels fupplices ; rien ne put l'ébranler. La Comtesse de M..., brûloit d'assouvir sa rage dans le sang de mon infortuné pere. Terrible excès d'une femme perdue par la volupté: le Roi lui même eût horreur de tant de cruautés. Le point principal étoit la dissolution du mariage ; on verra dans la suite la raison qu'on avoit d'en agir ainsi. Le Comte répondit avec mépris à toutes les menaces qui lui furent faites : six mois se passerent dans un martyre continuel. Mon pere tomba dangereusement malade , & fit craindre pour ses jours. Il se rétablit enfin, mais ses forces furent long-temps à revenir. L'état languissant dans lequel il étoit, empêchoit qu'on lui apprît une nouvelle qui devoit le combler de joie : il s'étonnoit de n'être plus traité en prisonnier ; en effet , il étoit servi avec tous les honneurs qu'exigeoient son rang & ses dignités. Un paquet de lettres qu'on lui remit enfin, développa cette énigme. Il reconnut l'écriture de son épouse, & celle de Madame de R.... Il tressaillit, les ouvrit en tremblant; mais quels furent & sa joie & ses transports, après les avoir lûes! Madame de R.... lui écrivoit que ses ennemis s'étoient lassés de le poursuivre; que son épouse l'attendoit à sa Terre, où elle étoit en sûreté; que le Roi lui rendoit la liberté, & qu'elle & sa fille comptoient tous les instans de son absence, ne pouvant avoir de joie parfaite qu'au moment fortuné où le sort les rassembleroit pour toujours : la lettre de ma mere étoit telle :

MON CHER COMTE,

» Je consacre le premier ins-

tan

» tant de ma liberté à vous écrire.
» Pourrai-je vous décrire les lar-
» mes, les soupirs que m'a coûté
» notre séparation ? Votre dou-
» leur a-t-elle pu égaler celle que
» j'ai ressentie : que de tristes mo-
» mens j'ai passé dans le lieu où
» l'on me retenoit ! Que n'ai-je
» point souffert, éloignée d'un
» époux que mon cœur adore,
» par un Prince qui dit m'ai-
» mer, m'idolâtrer, & qui s'est
» servi de tous les moyens possi-
» bles pour m'engager à répon-
» dre à sa coupable flamme !
» Ma vertu a été en butte à mil-
» le attaques. Les menaces, les
» promesses les plus flatteuses
» ont été mises en usage pour
» me séduire. Non contents de
» cela, nos ennemis m'ont fait
» craindre pour vos jours, rien
» n'a pu m'ébranler. Ah ! mon
» cher Comte, qu'eussiez-vous

I. Partie.   B

» fait d'une vie que j'aurois ache-
» tée par mon deshonneur ? Laf-
» fés, irrités de ma réfiftance,
» ces méchans ont eu recours à
» la rufe. La caffation de notre
» mariage m'a été fignifiée ; on
» m'a fait voir en même temps
» un acte par lequel il paroiffoit
» que vous aviez époufé la Com-
» teffe de M.... J'ai réfifté à tous
» ces piéges ; j'ai couvert nos
» ennemis de confufion, en ne
» croyant pas un mot de leurs
» difcours.

   » Le Prince n'eft jamais forti
» avec moi des bornes du refpect:
» il s'eft plaint mille fois d'être
» forcé, par la violence de fon
» amour, à me perfécuter. Ses
» préfens, fa tendreffe, fes larmes,
» fon défefpoir, ont été les feules
» armes qu'il ait ofé employer
» pour me faire partager fa paf-
» fion. Le Ciel a eu pitié de

» moi ; mes prieres , mes larmes
» ont touché le Prince ; fon
» cœur s'eſt ému , il a tari la four-
» ce de mes pleurs. Il me per-
» met enfin de vous annoncer
» votre liberté. Il ſe répent vi-
» vement de ſes injuſtes procé-
» dés. Qu'il lui auroit été facile
» de ſe l'épargner , ce repentir !
» Il a daigné ſe jetter à mes
» pieds pour obtenir un pardon,
» dit-il , néceſſaire à ſon repos ;
» un tel abaiſſement fait ſa gloi-
» re. Je pars pour vos Terres ,
» où j'eſpere vous voir dans
» peu ; je ſerois allée au-devant
» de vous , fi ma ſanté me l'eût
» permis.

 » Quelle agréable nouvelle ,
» ai-je à vous apprendre ! De-
» vine , cher Epoux , con-
» çois.... dans peu tu ſeras....
» J'oublie toutes mes douleurs ,
» tout ce que j'ai ſouffert ; un
    B ij

» heureux avenir se présente à
» mes yeux. J'en suis comblée,
» transportée, envyrée même !
» Puissai-je être la seule qui ait
» souffert ! Adieu, mon cher,
» mon bien-aimé, mon tout.
» Hélas ! quand te serrerai - je
» dans mes bras ? Des larmes in-
» nondent mes joues, ma joie
» est parfaite, & cependant mon
» cœur .... Viens donc, rassu-
» res-moi par ta présence ché-
» rie ! J'espere..... je crains ....
» adieu, adieu !

On remit le même jour au
Comte un paquet où il trouva
une lettre écrite de la main de
son Roi. » Je dois, *lui écrivoit*
» *ce Prince*, rendre justice à la
» vertu de votre épouse: la gran-
» deur de son ame ajoute à sa
» beauté. Que vous êtes heureux,
» Comte, & que je suis infortu-
» né ! Faut-il que ce soit aux

» dépens de mon cœur, de mon
» repos, que j'aie appris à la
» connoître ! Je vous rends vos
» biens : allez dans vos Terres
» rejoindre une épouse adora-
» ble ; passez-y quelque temps ,
» je ne pourrois vous revoir l'un
» & l'autre à ma Cour sans hon-
» te. Oubliez les foiblesses de vo-
» tre Roi, qui n'en auroit jamais
» commis, s'il eût trouvé dans
» sa jeunesse, des femmes aussi
» vertueuses que votre épouse ».

Une seconde lettre de ma mere apprit au Comte la disgrace
e la Comtesse de M.... & son
départ pour la France. La gros-
sesse de la Comtesse étoit la
seule chose qui l'empêcha d'aller
au-devant de son époux. Elle
le lui apprit enfin , & le conjura
de revenir promptement. Ce
tendre époux brûloit d'impatience, il vouloit partir sur le champ.

L'émotion qu'il reffentit à la lecture de la premiere Lettre de fon époufe, lui caufa une re-chûte dangereufe ; ce qui l'obligea de différer fon départ. L'efpoir de revoir cette femme adorée, accéléra fon rétabliffement, il partit enfin. Quelle volupté pour ce tendre époux de paffer fa vie dans les bras d'une femme fi digne de fon amour ! Il étoit encore à une journée de chez lui , lorfqu'un exprès vint lui annoncer ma naiffance. Sa joie redoubla par le plaifir de fe voir pere ; en entrant dans fon Château , tous fes domeftiques fe rangerent autour de lui : au lieu d'appercevoir fur leurs vifages des marques de fatisfaction , il y remarqua une profonde dou-leur ; que fait ma femme, s'é-cria-t-il précipitamment ? Dans l'inftant Madame de R... parut

& le ferra dans fes bras. Les pleurs
qu'elle répandoit ne lui permi-
rent plus de douter de fon malheur. Vit-elle? la verrai-je encore, furent les feuls mots qu'il
proféra en volant à l'appartement
de la Comteffe. Madame de R...
fit ce qu'elle put pour le retenir;
elle lui dit tout ce que fa propre douleur lui put fuggérer. Il
ne lui répondit rien ; défefpéré,
anéanti de voir fon époufe dans
les bras de la mort, il fit long-
temps douter de fa propre exif-
tence: revenu à lui-même, quoi!
s'écria-t-il douloureufement ,
ne fuis-je donc arrivé que pour
la voir expirer? Cette tendre &
infortunée époufe le reconnut ,
elle lui tendit la main, le regarda languiffamment ; & ramaffant
toutes fes forces, elle lui dit ces
mots: Adieu, mon cher Comte,
adieu, pour jamais : confervez-

vous; efpérez avec moi, qu'un jour nous nous reverrons dans l'éternel féjour. Elle fit figne alors qu'on m'apportât; elle mepréfenta à mon pere, qui me ferra dans fes bras, & le premier baifer qu'il me donna fut arrofé de fes larmes : ma mere me bénit, fourit à fon époux, & mourut. Il m'eft impoffible d'exprimer la douleur dont mon pere fut atteint ; à force de fentir, il devint infenfible. Madame de R... dont la conftance & la réfignation étoient extrêmes, prit le foin des funérailles de fa fille. Mon pere revint enfin de cet anéantiffement total. Les plaintes, les imprécations qu'il fit contre la Providence, prouverent l'excès de fon défefpoir : la religion remit enfin le calme dans fon ame : il pleura ma mere, mais fans emportement, & devint capable de mêler fes larmes

à

à celles que Madame de R... répandoit tous les jours fur le tombeau de cette fille chérie.

Je n'ai fu toute cette malheu-
reufe hiftoire qu'après la mort de
mon pere : je l'ai trouvée parmi
fes papiers, écrite de fa main ; &
j'ai cru que je pourrois la tranf-
crire ici, comme faifant partie
de mes aventures. Il eft temps
maintenant de commencer à parler de ce qui me regarde perfon-
nellement, de mes erreurs ; je l'ai
promis, je tiens parole.

Mon pere fe défit de toutes fes
charges, & ne s'occupa que du
foin de mon éducation. Les livres & quelques amis choifis
rempliffoient fes momens où fes
foins ne m'étoient pas néceffai-
res : il comparoit avec tranfport
les doux loifirs qu'il goûtoit dans
fa folitude aux plaifirs bruyans de
la Cour : la flatterie, la baffeffe,

I. Partie.   C

la crainte étoient bannies de
l'heureux féjour qu'il habitoit.
Si-tôt que je fus à portée de
comprendre , d'arranger mes
idées , mon pere inculqua dans
mon jeune cœur des notions de
religion & de vertu qui ne fe
font jamais effacées. Il eut l'art
de me rendre la vertu aimable,
en adouciffant à mes yeux, encore foibles, ce qu'au premier
abord elle femble avoir de rude.
La perte de ma mere, fon portrait qu'il confervoit avec le plus
grand foin, l'occupoient le refte
de la journée. Monfieur F... fut
choifi pour mon gouverneur ;
cet homme, dont le fçavoir égaloit la vertu, étoit, par la grandeur de fon ame, la nobleffe de
fes fentimens, bien au-deffus de
l'état qu'il avoit embraffé. Peu
fait au vil manége des Cours, il
n'avoit point recherché la fa-

veur qu'on y prodigue à l'indé-
cence, à ces vices déshonorans
qu'on décore du nom d'usage
du monde, de sçavoir vivre ; il
auroit cru dégrader l'honnête
homme, s'il eût suivi des maxi-
mes si contraires à la véracité,
à la candeur qui faisoit la base
de son caractère: il avoit envi-
ron quarante ans, lorsqu'il vint
chez mon pere. L'unique défaut
de Monsieur F..... étoit d'avoir
besoin d'être connu pour être
aimé ; mais aussi ne pouvoit-on
s'en défendre, lorsqu'on le con-
noissoit une fois : un air indifférent, qui alloit souvent jusqu'au chagrin, empêchoit qu'on
ne se liât d'abord avec lui : mille
excellentes qualités étoient ca-
chées sous cette mine froide.
Mon pere le considéroit plus
comme un ami fidele, que com-

C ij

me mon gouverneur. Le Comte
ne penſoit pas que cent louis
ſuffiſſent pour récompenſer les
peines qu'un honnête homme ſe
donne pour former un jeune
cœur à la vertu. Il croyoit qu'il
n'étoit pas honteux qu'un Gentil-
homme entendît auſſi bien les
langues grecques & latines que
la françoiſe ; on me les enſeigna :
l'étude de l'Hiſtoire ſuivit celle
des Langues, & devint ma principale occupation : Monſieur
F..... m'apprit à la conſidérer
comme une ſource intariſſable
d'exemples qui ſervent à modérer nos paſſions. Quel tréſor que
l'Hiſtoire, me diſoit-il ſouvent,
elle eſt utile aux perſonnes qui
aſpirent aux dignités, & néceſſaire pour ceux qui mènent une
vie privée : elle offre des reſſources à l'homme ſolitaire, & met

celui qui eſt dans le tourbillon
de la Cour , dans le cas de faire
le bonheur de tout un peuple :
j'alliai la lecture des Poëtes & des
Philoſophes de l'antiquité à celle
de l'Hiſtoire. Mon pere crut qu'il
étoit temps de me faire paſſer à
d'autres occupations. Un ſçavant
qui n'a point d'uſage du monde,
paroît ridicule aux yeux de tous
gens ſenſés; mais un Gentilhom-
me qui n'a pour lui que l'or-
gueil de ſa haute naiſſance , & la
prérogative de ſes grands biens,
devient un être bien digne du
mépris. Il eſt bon cependant
d'accoutumer de bonne heure
les jeunes-gens à l'étude , parce
qu'ils paſſent rapidement aux
choſes de pur agrément. Un jeune Seigneur qui poſſede la dan-
ſe , la muſique , qui en fait ſa
principale occupation dans ſon
enfance , devient à la fleur de

son âge, un homme très-médiocre ; au lieu que si on l'accoutu-
me de bonne heure à penser, à
réfléchir, il aura des principes,
des mœurs, & deviendra par la
suite un parfait homme de bien :
ce qu'on nomme façon de vivre,
air de société, ne lui coûtera
qu'un instant de réflexion.

C'est de cette façon que le
Comte de P.... pensoit sur la
manière d'élever un jeune homme, quel qu'il fût, & ce fut ce
qui le porta à m'envoyer à la
Cour avec mon Gouverneur,
pour y prendre les connoissan-
ces qu'on ne peut acquérir dans
le fond d'une Province. Mon
pere avoit encore à la Cour un
frere qui portoit le même nom
que lui ; la froideur qui régnoit
entr'eux, m'empêcha de descen-
dre chez lui ; la bienséance exigeoit que je lui fisse une visite ;

j'avois éloigné cette corvée pendant un an entier : enfin, je me
réfolus un jour de fatisfaire à ce
devoir. La Comteffe de P... ne
faifoit que d'arriver de fes terres
où elle s'étoit retirée avec fa fille,
lors de mon arrivée à .... Je ne
ne l'avois jamais vue. Que devins-
je lorfque j'apperçus pour la premiere fois l'aimable Caroline,
(c'eft le nom de mon adorable
Coufine) elle avoit au plus trei-
ze ans. L'amour que j'ai pour
la vérité, m'oblige de dire qu'elle étoit jolie, mais que les fentimens qu'elle m'infpira, la rendirent belle à mes yeux préve-
nus.

J'étois incapable de définir ce
que je fentois ; mon cœur étoit
dans une émotion qui m'étoit
inconnue : fon mouvement pré-
cipité ne me laiffoit pas la force
de refpirer. Je m'approchai de

Caroline avec une certaine timidité à laquelle il me fut impoffible de réfifter. Je craignois de
déplaire, fans fçavoir d'où provenoit cette crainte : nos yeux
fe rencontrerent; nous les baif-
fâmes tous deux & rougîmes.
Que cette vifite me parut courte ! Un foupir que je ne pus retenir, m'échappa quand je pris
congé d'elle. D'où vient donc
cette timidité, ce défordre, me
dis-je en moi-même? Pourquoi
les regards de cette jeune perfonne, m'ont-ils fait une fi vive
impreffion? Jamais, non jamais
je n'ai reffenti ce trouble importun, & pourtant enchanteur. Je
devins rêveur, fi-tôt que j'eus
quitté ma Coufine. Je fouhaitois
de la revoir, fans que je puffe
deviner la raifon de cet empreffement. Mes Philofophes, Platon lui-même, tout m'importu-

na : Monfieur F.... remarqua
mon inquiétude, il me queftion-
na beaucoup ; je lui avouai que
je n'étois pas dans ma pofition
ordinaire ; mais je ne voulus, ni
ne pus lui en dire la caufe. L'image de Caroline me fuivoit par-
tout. Je m'efforçois de chercher
pourquoi fon nom me caufoit
une fi vive émotion. Je laiffai la
Philofophie, j'eus recours aux
Poëtes ; j'y trouvai des fentimens
femblables à ceux que je reffentois ; je m'en affligeai : je rougis
de la foibleffe de mon cœur. Eh
quoi ! me dis-je, les fentimens
que Caroline m'a infpirés font
donc dépendans de cette paffion
dangereufe qu'on appelle amour?
de cet amour que Monfieur F....
& tous les gens fenfés méprifent?
Cependant, ne m'a-t-on pas
peint l'amour avec les traits du
vice ? La vertu ne me femble-

t-elle pas plus aimable depuis
que je connois Caroline ? Non,
non, ce n'est point de l'amour
que je ressens pour mon aimable
parente ; ce n'est que de l'amitié. C'est à la vérité, dans un de-
gré plus fort que Monsieur F....
& les autres sages n'ont coutume
d'en ressentir. Dois-je m'étonner ? mon cœur plus tendre que
le leur, est plus susceptible : voilà
tout. L'amitié est un présent de
la divinité ; pourrois-je ne pas
user de ses dons ? Je n'eus point
de repos que je n'eusse rendu une
seconde visite à mon Oncle. Il
me parut que ma présence causa
quelque joie à ma belle Cousine,
j'en fus transporté : je sortis bien
plus content que la premiere
fois. Les Poëtes me devinrent
chers : je fis plus, je le devins
moi-même. Peu-à-peu l'amour
perdit à mes yeux cette horreur

qu'on avoit eu tant de foin de m'infpirer : on me l'a préfenté fous un faux point de vue, me dis-je. L'amour, guidé par le fentiment, fait le bonheur de l'homme. Monfieur F... s'apperçut avec furprife de mon changement : il m'entendoit vanter à chaque inftant les Poëfies d'Ovide, de Tibulle ; j'eus même la témérité de prendre contre lui le parti de l'amour : il s'apperçut du danger que je courois, en confervant de pareils fentimens ; il n'y eut rien qu'il ne tentât pour détruire une paffion qui, de jour en jour, devenoit plus forte : il ne put y réuffir. Je vifitai mon oncle auffi fouvent que la bienféance me le permit. Je tâchai de gagner l'amitié du jeune P... frere de Caroline ; tous mes efforts furent vains : il partageoit trop bien la haine que fon pere avoit

contre nous pour se prêter à mes
avances. Mes fréquentes visites
découvrirent ce qu'il m'étoit si
important de cacher. Le Comte
de P... me haïssoit trop pour
me laisser concevoir aucune espérance. Il ordonna à sa fille de
me recevoir avec froideur ; elle
obéit, sa tristesse me fit entre-
voir ce qu'elle cherchoit à me
cacher. Les difficultés entretien-
nent & augmentent l'amour ;
nous l'éprouvâmes, Caroline &
moi : le nôtre s'accrut, & ce
qu'on pensoit devoir l'affoiblir,
fut ce qui le rendit plus violent
qu'il n'avoit jamais été. Je me
brouillai avec le jeune Comte,
ce qui m'interdit tout accès auprès de ma maîtresse.

Mes plaintes furent ma seule
consolation. Monsieur F.... qui
avoit découvert la flamme dont
je brûlois, me représenta le ri-

dicule qu'il y avoit de s'abandonner à une paſſion dans l'âge
où nous étions tous deux. Il
ajouta que l'inimitié qui régnoit
entre nos peres, ne nous permettroit jamais de nous livrer
à notre penchant mutuel. Jamais
ſes repréſentations ne m'avoient
paru ſi à charge que dans cet
inſtant. Je tentai vainement de
revoir Caroline; je formai mille projets dont aucun ne put
être exécuté. Mon bon deſtin
me la fit enfin rencontrer chez
une de ſes amies : que de choſes
nous avions à nous dire ! Nos
cœurs s'unirent, & emportés par
la paſſion qui nous animoit,
nous nous jurâmes une tendreſſe
éternelle. L'aveu qu'elle me fit
de ſes ſentimens pour moi, me
rendit téméraire ; un baiſer que
je dérobai fut le gage de notre
amour mutuel: quel raviſſement !

Non rien ne peut approcher des
tranſports auxquels je me livrai
dans ce moment enchanteur.
L'amour nous donna de la pru-
dence , nous ne nous revîmes
que chez cette amie , encore fut-
ce rarement , de peur qu'on ne
ſoupçonnât notre intelligence :
le plaiſir d'être aimé de Caroline , me rendit tout mon repos.
Je repris mes occupations or-
dinaires ; je trompai la pénétration de Monſieur F.... il me crut
délivré d'une paſſion qui me
tourmentoit plus que jamais.

Mon ayeule tomba dangereuſement malade ; je fus obligé de
retourner auprès de mon pere ;
je ne pus voir Caroline , j'en fus
au déſeſpoir. Madame de R...
étoit déjà morte lorſque j'arri-
vai , ſurcroît de douleur pour
moi ! Je mêlai mes larmes à celles
de mon pere ; je ne prévoyois

pas qu'il m'en faudroit bientôt
répandre de plus amères : je res-
tai auprès de ce pere que j'aimois
avec ardeur ; la tendresse qu'il
me marquoit, me rendoit l'é-
loignement de Caroline suppor-
table. Mon pere, Monsieur F...
& moi, vivions dans un repos
que rien n'étoit capable d'altérer :
nous fîmes un jour partie d'aller à la chasse : mon pere ordonna à son Valet-de-chambre, qui
étoit depuis un nombre d'années
à son service, de porter son fu-
sil ; il nous suivit, eut l'imprudence de le charger, & mon pere
le lui ayant demandé, il le lui
tendit ; l'arme se débanda, at-
teignit le Comte, & lui porta un
coup mortel : ce domestique, emporté par sa douleur, me conjura
de le tuer : mon désespoir étoit
si violent, que je l'eusse sacrifié
à mon ressentiment, si Monsieur

F..... ne m'en eût empêché.

On annonça à mon pere qu'il avoit au plus un jour à vivre ; il répondit froidement : *J'ai appris à mourir.* Sitôt qu'on l'eut penſé, il fit venir le malheureux Jean ; il parut, les marques de la plus profonde douleur étoient peintes ſur ſonviſage ; il tomba à genoux devant le lit de ſon maître ; les larmes qui le ſuffoquoient , l'empêcherent d'articuler un mot. Mon pere lui parla avec bonté: Je vous donne, lui dit-il , cent ducats, pour les ſervices que vous m'avez rendus , & je vous en donne cent autres pour vous conſoler du malheur qui vous arrive aujourd'hui. Je prie mon fils de vous pardonner ma mort, & je lui ordonne de vous traiter avec autant de douceur que j'ai toujours fait : allez , apprenez , par cet accident ,

accident , à être plus prudent que vous ne l'avez été. Le pauvre Jean demeura prosterné la face contre terre , sans paroître sensible à la grace qu'il recevoit. Il se leva enfin , remercia son Maître en peu de mots, & lui protesta que ses bienfaits lui étoient inutiles, parce qu'il ne pourroit survivre à la douleur qu'il ressentoit d'avoir causé la perte d'un si bon maître : il mourut en effet quelque temps après mon pere ; son dernier mot fut une priere de lui pardonner. Mon pere, après cet acte généreux , se tourna vers moi , & me dit : » Je suis préparé à la mort » depuis plusieurs années , je » l'attends sans la craindre : un » homme raisonnable doit peu » compter sur cette vie passa- » gère, que la moindre mala- » die peut nous faire perdre.

I. Partie.   D

» Je te laiffe tous mes biens, ex-
» cepté dix mille écus, que je
» prie Monfieur F.... de vouloir
» accepter, & quelques legs
» pour mes domeftiques. Je prie
» Dieu qu'il te retire toutes ces
» richeffes, fi elles doivent te
» porter à commettre le moin-
» dre crime. Sois Chrétien, fi
» tu veux être heureux ; crains
» ton propre cœur, tu n'as point
» d'ennemi plus cruel. Laiffe-
» moi efpérer, mon fils, que nos
» ames réunies dans le féjour
» célefte, jouiront enfemble des
» biens que l'Eternel promet à
» fes élus ». Il fit venir enfuite
tous fes domeftiques, il loua leur
zèle, leur fervice, & jufqu'à la
moindre de leurs qualités, leur
apprit la fomme qu'il deftinoit à
les récompenfer, & leur recom-
manda d'être fages & juftes. Leur
douleur égaloit la mienne ; ils

perdoient, auffi-bien que moi,
un pere & un ami. Ses forces
diminuoient à chaque inftant:
il parla de fa réunion avec une
époufe qu'il adoroit; il en parla
avec tranfport, & au milieu de
cette joie vive & pure qu'il reffentoit; il s'endormit pour toujours. Je le perdis dans un âge où
l'on flotte ordinairement entre
le vice & la vertu. Que cette perte me fut fatale! Dans le temps
même que je m'occupe à écrire
ces Mémoires, je quitte la plume, & je vais répandre quelques
larmes fur fa tombe. M. de O...
voifin, ami de mon pere, & allié
à ma mere, fut deftiné par le
Comte pour être mon Tuteur:
on le difoit le plus honnête homme de toute la contrée. On verra
dans la fuite fi fes démarches &
fa conduite juftifierent l'eftime
publique.

D ij

Je fis compter à Monfieur F...
par mon Tuteur, la fomme que
mon pere lui avoit laiffée; j'eus
toutes les peines du monde à la
lui faire accepter : il céda enfin,
la prit & fut s'enfermer dans fa
chambre où il refta toute la journée. Le lendemain, de très-bonne heure, il entra dans mon appartement, chargé de facs d'argent : Je vous rapporte votre argent, me dit-il, avec un air chagrin, fi vous ne voulez devenir
le plus cruel de mes ennemis :
reprenez-le, & ne m'en parlez
jamais : ce n'eft pas affez, ajou-
ta-t il, qu'il m'ait tourmenté
tout le jour, il n'a ceffé de m'in-
quiéter la nuit. Non, mon cher
Comte, mon repos & mon fommeil me font plus chers que dix
mille écus. Toutes mes repré-
fentations furent vaines ; je fus
obligé de lui promettre de gar-

der cet argent jusqu'à ce qu'il eût
trouvé quelqu'un qui en eût un
besoin réel. Il fit un petit voyage, & revint bientôt avec un air
triste, accablé, qui m'effraya.

» Je viens, me dit-il, d'être
» témoin de la plus terrible cho-
» se qu'on puisse voir. Un mal-
» heureux Marchand que toute
» la Ville certifie honnête hom-
» me, vient d'être arrêté, parce
» qu'il doit mille écus au frere
» de sa femme. Ce Marchand a
» vendu tous ses meubles pour
» faire la somme, & n'a pu y
» parvenir. Son impitoyable
» beau-frere, non-content de
» l'avoir réduit, lui & sa famille
» à la mendicité, vient de le
» faire arrêter. Ce barbare a vu
» sa sœur à ses pieds, les baigner
» de ses larmes, le conjurer de
» lui laisser de quoi nourrir six
» petits enfans qu'elle a; il l'a

» vue dans cet abaissement sans
» en être touché. Rien n'a pu
» l'attendrir ; il l'a accablée de
» reproches , de noms inju-
» rieux qui assurément ne con-
» viennent qu'à cet inhumain :
» importuné par les cris de cette
» mere désolée qui ne cessoit
» d'embrasser ses genoux , il l'a
» chassée de sa présence. Je fré-
» mis de cette action barbare ;
» j'ai donné à cette femme tout
» l'argent que j'avois sur moi ,
» & je suis revenu le plutôt pos-
» sible , saisi d'horreur , d'avoir
» pu trouver un tel monstre
» parmi des créatures raisonna-
» bles. O mon cher Comte ! fai-
» sons une bonne action , peut-
» être sera-ce la seule méritoire
» dans notre vie. Donnez les dix
» mille écus que vous avez, nous
» releverons cette honnête fa-
» mille. Mon cœur ressent déja

» une partie de cette volupté
» pure qui est la récompense des
» bonnes œuvres ».

J'abandonnai à Monsieur F....
la conduite de cette affaire. Nous
fûmes ensemble à la Ville ; nous
payâmes ce frere avare, & nous
obtînmes l'élargissement du
Marchand : nous courûmes à la
prison ; il étoit triste, mais avec
dignité ; son air dénotoit sa
probité : il sentoit moins ses
propres malheurs que l'infortune de sa femme & de ses enfans.
Nous lui annonçâmes sa délivrance ; il sembla se réveiller
d'un long sommeil ; l'incertitude, l'étonnement se peignoient
tour à tour dans tout son être.
Sa femme & ses enfans entrerent.
Cette chere moitié, l'abordant
avec un grand cri, se laissa tomber dans ses bras ; ils se serroient,
s'embrassoient, s'inondoient

de leurs larmes, fans pouvoir articuler un feul mot. Lorfqu'ils furent revenus de cette efpece d'ivreffe, M. F... leur donna l'argent qui nous reftoit, pour améliorer leur commerce, fans vouloir d'intérêt pour les trois premieres années, & fe contentant d'un très-médiocre pour les autres.

La gratitude de ces honnêtes perfonnes fut auffi grande que notre propre fatisfaction. Quel triomphe pour l'humanité! Comment peut-on voir couler les larmes du malheureux, entendre fes gémiffemens, fans chercher à les effuyer, à les appaifer ? Quel jour plus heureux peut-on paffer, que celui où l'on fait le bonheur de fon femblable ? Quelle félicité comparable à celle de s'entendre louer, bénir par celui qu'on a

été

aſſez heureux d'obliger ? Quand même nous ne prétendrions point d'autre récompenſe que celle d'avoir fait une bonne action, cela ſeul ſurpaſſeroit notre bienfait. Nous revînmes au Château, en nous entretenant de cette ſorte ; & Monſieur F... eut le plaiſir de dormir à ſon aiſe, ſans être tourmenté par ſon argent.

Je paſſai tout le tems de mon deuil ſans autre compagnie que Monſieur F.... je l'honorois comme un pere , & l'aimois comme un ami. Que de peines il ſe donna pour déraciner de mon cœur toutes les paſſions qui le dominoient! Quels efforts ne fit-il pas pour modérer en moi ce faux point d'honneur, ces préjugés barbares qui dégradent l'humanité ; & pour me rendre ſenſible aux vérités de la ſaine

I. Partie.   E

Philofophie! Il me louoit du peu de bonnes qualités dont le Ciel m'a doué, fans m'en rendre fier, & me blâmoit quand je faifois des fautes, fans que je puffe lui en fçavoir mauvais gré.

La manie de la plus grande partie de l'Europe, eft de penfer qu'on ne peut être parfaitement élevé, fi l'on n'a vu Paris, & pris ces jolis airs, qui conftituent à préfent l'homme de bien. Dès ma jeuneffe, ma patrie commençoit à donner dans ces contes populaires : mon Tuteur qui aimoit les grands airs, me confeilla de faire un voyage en France ; j'y étois affez difpofé, mais ce deffein déplaifoit à Monfieur F..... Eh quoi ! me difoit - il fouvent, nos jeunes-gens ne fe corrompent - ils pas affez dans notre Patrie ? Faut-il qu'ils ail-

lent en France pour achever ce
qu'ils commencent si heureuse-
ment ici ? Est-ce dans la jeunesse
où l'on n'est point capable de rai-
sonner , de faire aucune remarque solide , dans l'âge où les
plaisirs sont seuls capables de
nous toucher ; est-ce dans ce
temps qu'on doit voyager &
chercher à connoître les hommes avant de se connoître soi-
même ? J'avoue qu'un homme
sensé peut retirer quelques fruits
de ses voyages ; les observations
qu'il fera sur différentes nations,
sur leur caractere , sur la forme
de leur Gouvernement , leurs
usages, l'instruiront ; mais il faut
que la raison puisse le faire juger
sainement des choses qu'il voit.
Ne peut-on être honnête homme sans avoir vu Paris & Lon-
dres, sans y avoir laissé une partie de son bien , & s'y être ruiné

le tempérament ? Mes plus fortes inſtances purent à peine le déterminer à m'accompagner. Il ſembloit qu'il preſſentît les malheurs qui m'attendoient dans ce pays où tout paroît charmant. Mes affaires exigeoient que je fiſſe un tour à la Cour, avant mon départ pour la France ; je m'y rendis : plus j'approchois & plus l'amour que je conſervois pour Caroline ſe réveilloit. Tant d'idées nouvelles avoient ſuccédé au ſentiment qui me porta vers elle, & l'avoient affoibli, que je m'étois cru libre. J'éprouvai le contraire, quand l'amie de ma couſine, à qui je m'adreſſai pour la voir, me dit qu'il n'y falloit pas ſonger. Le chagrin que je reſſentis en cette occaſion, me fit connoître qu'elle régnoit encore ſouverainement ſur mon ame. Elle

étoit à la campagne : l'idée qu'à
mon retour , je la trouverois
peut-être dans les bras d'un autre, me fit éprouver mille tourmens. Je lui écrivis par le fecours
de fon amie ; ma plume traça
tout ce que mon cœur dicta, &
ce cœur étoit bien amoureux ,
bien tendre. Peu de jours après
je reçus fa réponfe. Cette aimable perfonne me difoit , me ré-
pétoit qu'elle ne pourroit être
heureufe fans moi. Sa lettre fi-
niffoit par des plaintes contre
fon fort , qui ne lui permettroit
jamais de jouir de cette félicité.
L'éloignement ou plutôt ma frivolité naturelle & mon caractere
peu formé , me rendirent bientôt ma tranquillité. Satisfait d'ê-
tre aimé de ma maîtreffe , j'abandonnai le refte au temps. Nous
arrivâmes à Paris , je vis cette
Ville où la volupté eft l'ame des

sociétés. Monsieur F.... craignit de ne pouvoir assez fortifier mon cœur, contre les mœurs efféminées d'un essaim de jeunes débauchés qui n'ont d'autres loix, ni d'autre dieu que leurs plaisirs. Tous les jours étoient employés à me prémunir contre les dangers qui m'environnoient. J'étois trop prévenu en ma faveur, pour recevoir ses discours comme je l'aurois dû ; mon cœur qui jusques-là n'avoit eu aucune occasion d'être criminel, se révoltoit contre la raison, & se croyoit vertueux, parce qu'il n'avoit pu mieux faire: à quoi sont nécessaires les représentations de Monsieur F.... murmurois – je tout bas ? Ne connoissai-je pas mon propre cœur ? S'abaisseroit – il à commettre des crimes ? Le hasard me fit faire connoissance avec Monsieur Worden, Gen-

tilhomme Anglois , d'un mé‑
rite fupérieur. Je me trouvai
moins de goût pour lui , que
pour Monfieur F....Je l'eftimois,
mais je ne pouvois le regarder
comme un ami. Une trifteffe ha‑
bituelle , un éloignement pour
tout ce qui s'appelle plaifir, un
goût décidé pour la folitude , &
des remarques éternelles fur la
frivolité des François , me ren‑
doient fon antipode : quoique je
le connuffe pour homme d'hon‑
neur ; que fa philofophie fût do‑
minée par la raifon , je ne pou‑
vois l'aimer. Quelle folie ! quelle
honte pour mon cœur ! Je trou‑
vai plus de charmes dans le jeune
Marquis de la Roche : il avoit
quelques années de plus que
moi, mais fa frivolité furpaffoit
la mienne ; fa figure étoit agréa‑
ble ; fa vivacité, fes propos amu‑
fans , flatteurs , légers m'étour‑

E iv

dirent , & bientôt me plurent.
Je ne fus pas long-temps sans
me lier avec lui ; il devint mon
unique Prototipe. Il passoit sa
vie dans la plus grande oisiveté,
& fuyoit avec soin toute occupation. Persuadé qu'un homme à qui il avoit confié le soin
de ses affaires , le voloit , il
ne vouloit ni vérifier ses com-
ptes , ni le renvoyer , de peur,
disoit-il , d'en trouver un autre
qui le ruinât plus vîte. La volupté
la plus sale avoit corrompu son
cœur ; il n'avoit d'autre religion
que celle de la nature , encore
en abusoit-il : peut-être auroit-
il aimé la vertu, si on lui eût appris à la connoître. La plûpart
des jeunes-gens qui tiennent un
rang dans le monde, se rendent
malheureux par les excès auxquels ils se livrent ; le Marquis
de la Roche étoit en proie à

tous. La philosophie dont je me piquois., devint l'objet de ses railleries. Peu-à-peu il eut l'art d'affoiblir mes principes, & de me faire penser comme lui. Les François me parurent charmans; je devins leur imitateur; je pris leurs travers, sans attraper cet air aisé, qui n'est naturel qu'à eux.

Monsieur F.... s'apperçut avec chagrin d'un changement si peu avantageux pour moi. Il m'en fit des reproches, me peignit, avec les plus fortes couleurs, le caractère & les mœurs du Marquis de la Roche; je ne voulus rien écouter : il n'étoit plus tems, l'illusion étoit dans sa force, le prestige m'entouroit, & ne me laissoit pas voir le précipice ; je n'appercevois que les fleurs qui le couvroient. Nous logions chez la veuve d'un riche Mar-

chand appellée Mad. Laurence :
cette femme, quoique d'un certain âge, étoit de très-bonne
société. Nous passions souvent
des heures avec elle sans ressentir le moindre ennui : elle nous
pria un soir à souper, pour tenir compagnie à une de ses nie-
ces qui arrivoit d'Orléans ce
même jour. Je vis Julie, c'est le
nom de la jeune personne, &
je sentis pour elle ce que Caroline m'avoit inspiré à la premiere vue. Julie étoit belle : deux
grands yeux noirs, une bouche
& des dents admirables, un teint
fleuri, une taille svelte, des
bras & des mains d'une coupe
enchanteresse ; ce tout réuni
m'enchanta : elle n'avoit que sei-
ze ans, mais son esprit & son
caractère ne laissoient rien à dési-
rer. La gaieté de Madame Laurence, celle de son aimable niece

excita la nôtre ; Monſieur F....
lui-même, ſe dérida, & fut ce
ſoir-là de très-bonne humeur :
nous badinâmes, nous rîmes, &
nos cœurs s'ouvrirent à cette
joie pure que l'homme juſte eſt
ſeul capable de ſentir. Qu'il me
fut difficile de me ſéparer de
Julie ! Rendu à moi-même, je
ne me mépris point cette fois
ſur la cauſe de mon trouble ;
mon goût pour Caroline m'avoit
familiariſé avec l'amour, je ne
le redoutois plus : j'ouvris mon
cœur au penchant qui l'entraî-
noit vers Julie. Quand je vins
à examiner de quelle nature
étoient mes ſentimens, je trouvai que je déſirois la poſſeſſion
de Julie plus fortement que je
n'avois fait celle de ma Couſine ; cette derniere étoit abſente,
& de plus elle traitoit l'amour
avec autant de dignité que l'ai-

mable Françoife paroiffoit y
mettre d'enjouement ; prefque
fûr de la conquête de Julie, je
mis tous mes foins à tromper
Monfieur F.... dont je redoutois
la pénétration : l'indifférence
étoit fur mes lévres, tandis que
mon cœur, plein de défirs confus, cherchoit à en entretenir
l'objet qui les avoit fait naître :
j'en trouvai l'occafion, je la faifis
avec empreffement. Je parlai du
ton le plus perfuafif ; je peignis
mes fentimens avec feu, & finis
par conjurer Julie d'avoir pitié
de mon tourment. Pauvre Comte, interrompit-elle avec l'air
de la compaffion! Pourquoi ne
m'avoir pas plutôt confié ce fecret ? me croyiez-vous affez
cruelle pour vous laiffer confu-
mer par ce feu dévorant? Non,
non ! aimez-moi ; j'approuve
votre paffion ; je dirai plus, je
la partage.

Une victoire si facilement remportée, me combla de joie; je voulus l'embrasser pour lui en marquer ma reconnoissance. Quelle fut ma surprise, lorsqu'elle me repoussa fiérement. Vous vous oubliez, me dit-elle avec un sang froid qui me stupéfia ; songez à ce que vous êtes, à ma vertu. J'avoue que je vous aime, mais ne vous flattez pas que je vous sacrifie ce que j'ai de plus cher au monde. La passion que je vous permets d'avoir pour moi, & celle que je consens à partager, doit être pure ; livrons nos cœurs aux sentimens les plus doux, mais respectons-nous : que nos désirs n'ayent pour but que la vertu, elle seule épure & fortifie l'ame. Voilà, Comte, la seule passion qu'il nous convient d'avoir : nommez cela amitié, amour,

il ne m'importe. Faites-moi votre confidente , & foyez mon
ami , mon amant , mon tout ;
amufons-nous , badinons , mais
que la décence préfide à nos
jeux : alors tous nos momens
feront marqués par le fentiment
du bonheur. Soyons en garde
contre nous-mêmes , & mettons
ma tante & le fombre Monfieur
F... dans notre confidence. Cette
aimable fille continua à me
faire le portrait de l'amour platonique ; le feu qu'elle mettoit
dans fes difcours n'étoit pas propre à me le faire goûter. Je fus
néanmoins obligé de lui promettre une réfignation entiere :
elle m'affura alors que la plus
petite tentative contre fon honneur, m'attireroit de fa part , la
haine la plus complette. L'honneur d'avoir Monfieur F ... pour
confident , ne me tentoit pas

aſſez pour le recevoir avec joie.
Je connoiſſois trop bien ſa façon de penſer ; j'étois ſûr qu'il
n'auroit point approuvé notre
amour , tout platonique qu'il
paroiſſoit. Je découvris mes
craintes à Julie : eh bien ! s'écria-
t-elle , ne lui diſons-rien. Il a des
préjugés , laiſſons-les lui , ſon
ignorance ajoutera à nos plaiſirs.
Nous fîmes part de notre projet
à Madame Laurence ; elle étoit
ſûre de la ſageſſe de ſa niece ,
croyoit l'être de la mienne ; ainſi
elle ne fit aucune difficulté , &
nous promit le ſecret : tant que
Monſieur F.... étoit avec nous ,
nous prenions le ton ſérieux &
indifférent , & ſi-tôt qu'il étoit
parti , nous nous livrions à l'ardeur de nos ſentimens.

Quelques mois ſe paſſerent
ſans qu'il parût aucun changement dans notre façon d'agir.

Nous chantions, nous jouïons ;
la joie, le chagrin, tout étoit
commun entre nous. Peu-à-peu
mon cœur commença à fentir
qu'il lui manquoit quelque chofe. Julie me parloit, me regardoit tendrement ; mais c'étoit
fans rougir : elle me difoit qu'elle
m'aimoit, avoit mille complai-
fances pour moi, fans que cela
pût me fatisfaire. J'étois inquiet,
rêveur, je ne fçavois ce que je
voulois, ce que je faifois : tout
m'attriftoit, & rien n'avoit l'art
de me diftraire d'un je ne fçais
quoi, qui me fuivoit par-tout.
Le plus petit baifer, le moindre
regard, tout jufqu'à l'efpérance
m'étoit interdit. On me difoit
qu'on m'aimoit, & on ne paroiffoit me le dire que pour me tourmenter. Le caractère de Julie
étoit énigmatique pour moi ;
fous un air enjoué, un parler un

peu

peu libre , elle cachoit la vertu
la plus pure , la fageffe la plus
auftère Elle étoit tendre , fenfible pour l'ami , fiere & inexora-
ble pour l'amant. Son éducation
avoit été parfaite , fes parens
n'avoient rien oublié pour la garantir des foibleffes affez com-
munes à celles de fon fexe. Les
préceptes qu'on lui avoit don-
nés , étoient gravés dans fon
cœur ; jamais un goût paffager
n'eût pu la conduire au crime.
Mais qui peut réfifter à la nature,
à l'occafion ! Sa fageffe, fon efprit
la féduifirent : trop sûre d'elle ,
elle crut pouvoir donner fon
cœur à un ami, de quel fexe qu'il
fût. Je m'apperçus qu'elle s'atten-
driffoit , je profitai de cette dé-
couverte pour combattre Platon
& fa maniere d'aimer.

Je me hafardai même à avancer
que l'amitié ne pouvoit fe fou-

I. Partie.   F

tenir long-tems , fans qu'un fentiment plus vif s'y mêlât. Elle dif-
puta un peu,& céda; fes défirs l'en
preffoient autant que moi. Un
jour que nous étions feuls , nous
tombâmes dans une profonde
rêverie ; livrés tous deux à mille
fenfations que nous n'ofions exprimer , nous nous taifions , nos
yeux feuls parlerent : Julie foupira , rougit , voulut juftifier &
ce foupir & cette rougeur. Je
portai ma bouche fur une de
fes mains qui étoit machinale-
ment étendue fur mon épaule ;
je la ferrai , & imprimai deffus
un , deux , trois baifers qui ne
furent rien moins que platoni-
ques ; elle la retira précipitamment , & l'inftant d'après la remit à la même place. Plus troublé que jamais , je redoublai mes
efforts ; déja mes lévres trem-
blantes étoient collées fur les

siennes ; déja la coupable ardeur que je ressentois, me faisoit pres-ser une victoire si long-tems dis-putée, lorsque Julie, revenant à elle, s'agita violemment. Lais-sez-moi, Comte, laissez-moi, je vous en conjure au nom de notre amitié, de tout ce qu'il y a de plus sacré : elle s'arracha de mes bras, & courut s'enfermer dans son cabinet. Ce fut en vain qu'elle essaya de me dérober quelques larmes qui s'échappe-rent de ses yeux, je les vis cou-ler, & mon amour s'accrut.

Plus d'une semaine se passa, sans qu'elle voulût m'accorder un instant d'entretien ; je ne la voyois qu'avec Monsieur F.... ou sa tante. L'obstacle qu'elle avoit apporté à mes désirs, les redoubla : je résolus de tout ten-ter pour venir à mes fins : j'épiai le moment où Madame Lauren-

F ij

ce venoit de fortir ; je la furpris
dans fon cabinet. Elle pouffa un
cri douloureux en m'appercevant ; je la conjurai avec toute
l'ardeur dont je fus capable , de
me dire d'où provenoit la froideur avec laquelle elle me traitoit. Ah! ceffons, me répondit-
elle en foupirant, ceffons un ba-
dinage dont je crains les fuites: je
fuis plus foible que je ne croyois
l'être. A cet aveu qui mettoit le
comble à mes vœux , je ne fus
plus le maître de mes tranfports:
je la preffai dans mes bras, & me
préparai à jouir du fouverain
bonheur. Elle pria , menaça; je
n'en crus que fes yeux qui, moins
féveres que fa bouche, m'affu-
roient du pardon. Enfin, nos lévres parlerent le langage de nos
cœurs. Nous nous dîmes que
nous aimions, & nous fentîmes
des douceurs qu'il eft impoffible

de décrire. Que feroit devenu
notre amour platonique, fi nous
n'euffions entendu qu'on venoit
à nous ! C'étoit Monfieur F....
nous rougîmes, & ne pûmes foutenir fes regards : il ne fit pas
femblant de remarquer notre
confufion. Je ne vis Julie qu'un
inftant le lendemain, encore ne
fut-ce qu'en préfence de fa tante ; elle nous quitta prefque auf-
fitôt qu'elle m'eut remis un billet
où je trouvai ces mots.

BILLET.

 » Je tremble au fouvenir de
 » l'abîme dans lequel j'étois prê-
 » te à me précipiter. Je rends
 » grace à la Providence & à
 » Monfieur F.... de m'avoir fau-
 » vée d'un danger inévitable.
 » Cruel ! pouvez-vous, ofez-
 » vous dire que vous m'aimez,

» tandis que vous pourſuivez
» mon innocence ? Ne me voyez
» jamais que je ne vous le per-
» mette : & ſoyez sûr de ne point
» obtenir cette permiſſion , juſ-
» qu'à ce que mon cœur ſoit
» rentré dans le ſentier de la vertu
» d'où vous l'avez écarté ».

Je ſentis une forte émo-
tion en liſant ce billet. De ſe-
crets reproches me trouble-
rent ; bientôt ils me devinrent
importuns , je parvins à les éloigner. Je ne m'occupai plus que
du ſoin de triompher de la vertu
ſcrupuleuſe de Julie. Je ſaiſis l'occaſion d'un bal que donnoit une
de ſes amies ; je me mêlai parmi
les maſques & je m'approchai de
Julie : elle me reconnut , je dan-
ſai avec elle ; je m'apperçus
aiſément de l'émotion qu'elle
éprouvoit. Je lui parlai, elle me
répondit aſſez froidement , &

chercha à me cacher ses sentimens. La danse, les instrumens,
la foule, tout réveilla une passion
mal-éteinte. Nous laissâmes la
bonne tante, la compagnie ;
nous nous livrâmes à la violence de nos désirs, & d'un instant
de volupté naquit le repentir qui
nous poursuivit toute netre vie.

Julie s'éloigna de moi, me regarda avec horreur. Lorsqu'elle
fut revenue de l'ivresse que je
lui avois communiquée ses plaintes, ses reproches percerent mon
cœur d'un trait de feu. Je n'étois
pas encore assez endurci au crime, pour commettre celui-ci
de sang-froid. Je cherchai envain à parler à cette fille infortunée ; elle refusa constamment
de me voir, de m'entendre, &
partit quelques jours après. Sa
tante me remit une lettre d'elle.
A l'air triste dont elle m'aborda,

je vis qu'elle étoit inftruite de notre malheureux fecret. La lettre de Julie contenoit ce qui fuit.

LETTRE.

» Réjouiffez-vous, Comte,
» fi vous êtes encore humain. .
» Eh ! pourquoi mon foible
» cœur s'inquiete-t-il de vous,
» de vos fentimens ? je devrois...
» Non je vous aime encore ; je
» vous demande d'unir vos fou-
» pirs aux miens, & cela parce
» que vous m'avez rendu mal-
» heureufe ; que dis-je, malheu-
» reufe ? Vous devez l'être plus
» que moi, s'il vous refte le
» moindre fentiment. Lorfque
» mon fatal deftin me préfenta
» à vos yeux, la vertu, l'inno-
» cence & la joie m'accompa-
» gnoient ; maintenant je vous
» fuis, la honte, le remords, le
» mépris

» mépris de moi-même, me sui-
» vent & me suivront par-tout:
» tout cela n'est il pas votre ou-
» vrage ! Qu'avois-je affaire de
» votre amour, de votre tendres-
» se ! falloit-il abuser d'un nom
» sacré pour me ravir l'hon-
» neur ? Je vous quitte, je vous
» dis adieu pour jamais, oui pour
» jamais : que ne puis-je fuir de
» même le repentir qui me pour-
» suit ! ma confiance téméraire
» m'a perdue, perdue pour tou-
» jours, grand Dieu ! Quel est
» mon sort ! Que ne puis-je
» vous haïr, vous méprifer,
» quand tout me force à me
» séparer de vous ; où sont-ils
» ces momens fortunés, déli-
» cieux où mon ame aimoit à se
» confondre avec la vôtre ? où
» je possédois cette estime dont
» j'étois digne ? où …. quel aveu-
» glement est le mien ! J'ose re-

I. Partie.   G

» tracer des momens si purs,
» à qui ? à un vil séducteur, à
» un homme qui fait couler
» mes larmes, & qui, peut-être,
» se rit des tourmens qu'il me
» cause ..... Pardonnez, Com-
» te, l'excès de mon désespoir
» m'emporte ; vous l'avez fait
» naître, voyez-en les tristes
» effets. Puisse notre repentir à
» tous deux, faire oublier une
» faute qui nous est commune!
» Vous êtes noble, vous ca-
» cherez ma foiblesse aux yeux
» du monde. C'est bien assez
» pour moi, qu'elle soit con-
» nue de vous, de mon cœur;
» adieu ».

La lettre de la malheureuse
Julie m'accabla, ses reproches
trop mérités, m'abattirent, &
l'idée de l'avoir perdue pour toujours, par ma faute, acheva de
me désespérer : je m'abhorrai,

moi-même, & vingt fois je fus
tenté de décharger la terre d'un
monſtre tel que moi. Je fis d'inutiles efforts pour découvrir le
ſéjour de cette infortunée ; ne
pouvant y réuſſir, je chargeai ſa
tante de lui offrir ma fortune &
ma main: elle refuſa tout. » Je
» n'ai point voulu acheter l'hon-
» neur d'être ſon épouſe par ma
» honte, répondit-elle à Mada-
» me Laurence ; de tels ſenti-
» mens ne ſont pas faits pour
» moi. Ma foibleſſe a fait mon
» crime , & non l'ambition.
» Pourrois-je le recevoir dans
» mes bras, en qualité d'époux ,
» ſans me rappeller la triſte
» aventure qui l'y auroit mis ?
» Le monde ſurpris de mon élé-
» vation, ouvriroit un œil cu-
» rieux ſur nos démarches , &
» ſauroit bientôt que le crime
» ſeul m'auroit acquis le rang

» de Comteſſe. Il n'y faut pas
» penſer, j'en mourrois de dou-
» leur ».

Je ne pus cacher ma faute à
Monſieur F.... mes plaintes, mes
regrets la lui découvrirent : ſes
reproches augmenterent ma douleur ; il ceſſa néanmoins de m'en
faire , lorſqu'il vit que mon repentir me menoit trop loin. Hélas ! nous ne ſavions ni l'un ni
l'autre, combien il dureroit, ce
repentir. Il faut que je finiſſe cette triſte ſcène : la douleur qu'elle
me cauſe encore à préſent, fait
que je ne veux pas y revenir davantage.

Un fils fut le triſte fruit de
mon malheureux amour avec
Julie : Madame Laurence prit
ſoin de ſon éducation : on lui
donna le nom de Leblanc, qui
eſt celui de la famille de Julie.
Il ne me fut pas permis de voir

cet enfant, ni de contribuer aux
dépenſes néceſſaires à ſon entretien. Julie ſe retira dans un lieu
ſolitaire où les devoirs de ſa religion & l'étude de la vertu furent ſon unique occupation.
Qu'on me permette de faire une
courte remarque ſur cette aventure ; elle ne ſera peut-être pas
inutile aux jeunes perſonnes du
ſexe. Julie étoit vertueuſe, néanmoins elle ſuccomba. Son cœur
trop facile à s'émouvoir, fut la
cauſe de ſa perte : elle eut trop
de confiance en elle, ſe crut,
par ſon éducation, ſa façon de
penſer, à l'abri d'une faute ſem-
blable ; ces choſes la perdirent.

Quelque temps après le départ de Julie, Monſieur F....
tomba dangereuſement malade :
Monſieur Worden, & moi, ne
l'abandonnâmes pas un inſtant.
Ce tendre ami oublia pour un

temps , fes propres chagrins ,
pour foulager Monfieur F.... Le
Ciel nous le rendit enfin : fa con-
valefcence fut très-longue. Lorfqu'il fut hors de danger , je fortis , je fréquentai les fpectacles
pour me diftraire de mille idées
chagrinantes qui me troubloient
fans ceffe. Je me liai plus que jamais avec le Marquis de la Roche:
il me fit faire la connoiffance du
Chevalier de la Grange ; je n'ai
jamais connu d'homme plus aimable que ce Chevalier: fa vivacité , fon efprit , fes mœurs ap-
parentes m'enchanterent: ce qu'il
avoit de bon , me frappa &
m'attacha à lui , avant que j'euffe
appris à le connoître parfaitement. Il étoit bon ami , portoit
le défintéreffement & la grandeur
d'ame au plus haut point ; il eût
été parfait , fi la religion eût été
le mobile de fes actions , mais elle

n'avoit pas d'ennemi plus cruel.
la volupté étoit la feule divinité
qu'il connût : auffi bas & auffi
faux envers le beau fexe, qu'il
étoit fincère avec fes amis, il fe
faifoit un jeu de le précipiter
dans l'opprobre. Son pere , le
Comte de *** lui infpira l'amour
du vice & le mépris de la vertu :
cet homme qui , dans un âge
affez avancé, confervoit le goût
des plaifirs honteux, trouva dans
fon fils un éleve digne d'un tel
Maître: le pere étoit l'agent du
fils, & le fils le confident du pere.
Le crime les uniffoit auffi parfaitement qu'auroit pu faire la vertu. Je ne puis penfer fans frémir
à la trifte deftinée de l'un & de
l'autre. Pourquoi faut-il que ces
hommes pervers ayent toujours
quelques qualités qui les faffent
aimer i J'aurois haï , détefté le
Chevalier, fi je l'euffe connu pour

un athée , mais il se masquoit si bien qu'il étoit difficile de le pénétrer sans qu'il le voulût. Je le regardai comme un homme aimable, de bonne société ; comme un tendre ami , & je l'aimai. Ma préoccupation en sa faveur, me cacha ses inclinations vicieuses. Je frissonnai la premiere fois qu'il tint des propos contre la religion & l'immortalité de l'ame. Peu-à-peu je m'accoutumai à ses blasphêmes, j'en ris , & je commençai même à douter des vérités les mieux démontrées. Il me fut toutefois impossible de déraciner de mon cœur le germe de la foi ; mais je parvins à l'étouffer & à croire que tout étoit préjugé. Le sieur de Hauteville étoit le cinquième de notre société ; c'étoit un homme sans caractère, sans idée à lui, qui toujours l'écho de ceux qu'il fré-

quentoit , faifoit fans diftinction
le bien ou le mal. Le Chevalier,
fon pere , le Marquis de la Roche , Hauteville & moi , étions
tous les jours enfemble. Nous
volions de plaifirs en plaifirs, fans
parvenir à en goûter aucun. Quelques mois fuffirent à mon cœur
pour fe porter aux plus violens
excès, & perdre le fruit de vingt
années de fageffe.

Ma complaifance pour mes
amis me porta à faire des incar-
tades dont je ne me fuffe jamais
avifé, fi j'euffe été feul. Le penchant qui me dominoit étoit l'a-
mour du fexe ; le refte de mes
égaremens prenoit fa fource dans
ma docilité à fuivre leurs avis
pernicieux. J'avois l'ivreffe en
horreur , & cependant, préfé-
rant le vice au ridicule , je buvois
pour ne pas me fingularifer ; il
ne me manquoit plus que la fu—

reur du jeu , mes charitables amis
m'en infinuerent le goût & bientôt je les furpaffai dans cette partie.

Au milieu de tous ces défor-
dres , une voix intérieure fe faifoit entendre à mon cœur : je la
fis taire à force de déréglemens :
mes précautions , l'habileté de
mon Valet-de-chambre ; la maladie de Monfieur F.... me fervirent pendant un bout de temps
à cacher mes démarches à cet aimable ami. Il apprit enfin la vie
licentieufe que je menois : il me
pria avec larmes, me conjura
par les cendres d'un pere refpectable , d'abandonner une vie indigne d'un homme d'honneur ;
il mêla des menaces aux prieres.
Worden , le tendre Worden ,
unit fes efforts à ceux de Monfieur F.... leurs pleurs me tou-
cherent ; je leur promis de chan-

ger ma façon de vivre , mais je
remis ma converſion à un autre
jour. Ne ſerois-je pas bien fou ,
me diſois-je , de fuir le monde
à mon âge ! Ce que Monſieur
F..... & Monſieur Worden me
diſent , ils le font pour leur propre commodité , ou pour ſuivre
des préjugés d'éducation qu'un
homme ſenſé doit mépriſer. Si
je n'ai rien à eſpérer après ma
mort , que mon anéantiſſement
ſoit total , pourquoi renonce-
rois-je aux plaiſirs de la vie , ſeul
bien que je poſſede effective-
ment ? Si je crois qu'il y a une
autre vie , raiſon de plus pour
profiter de la premiere. Car s'il y
a un Dieu , que ce Dieu ou cet
Etre , quel qu'il ſoit , m'ait pla-
cé ici , il ne peut me punir d'u-
ſer des biens qu'il m'accorde ; &
ſi le haſard m'a formé , je dois
ſuppoſer que ſa combinaiſon ,

en me formant , a été de me donner de quoi paſſer agréa-blement le ſeul temps de mon exiſtence.

C'eſt ainſi que je raiſonnois ; c'eſt ainſi que, courant d'erreurs en erreurs , de précipices en pré-cipices, je me hâtois de mettre le comble à mes folies. Une nuit que mes dignes amis & moi , avions à moitié paſſée à courir de maiſon en maiſon , nous ren-contrâmes une jeune perſonne qui paroiſſoit ſe traîner avec pei-ne. Sa figure nous frappa : nous lui dîmes quelques paroles qui lui firent comprendre à quels gens elle avoit affaire ; elle treſſaillit , parut incertaine ; puis tout-à-coup , prenant ſon parti, un je ne ſais quoi, fit qu'elle s'adreſſa à moi : elle ſe jetta à mes pieds en me conjurant de la protéger: ſes larmes m'émurent , m'atten-

drirent : le Chevalier & moi ,
nous nous déclarâmes ſes pro-
tecteurs : nous voulûmes l'accompagner juſques chez elle ,
ſes pleurs redoublerent, elle nous
dit , en ſanglotant , qu'elle n'en
avoit plus, & nous pria de la
mener dans un endroit où elle
pût paſſer le reſte de la nuit avec
décence. Nous fûmes chez une
parente du Chevalier , où nous
la laiſſâmes , avec promeſſe de
la revoir le lendemain.

Le Chevalier vint me prendre ſur les dix heures , & nous
nous rendîmes auprès de notre
aimable inconnue. Les tranſports
avec leſquels elle nous remercia,
ne peuvent s'exprimer. Sa figu-
're , ſon maintien , ſon cœur , ſes
ſentimens toût en elle nous char-
ma : elle nous raconta ſes malheurs. Elle étoit fille d'un honnête Marchand , mais pauvre ;

elle étoit aimée & aimoit un jeune homme très-riche : les parens de Lénoncourt, c'eft le nom de cet amant, ne vouloient point entendre parler d'une union fi contraire au vil intérêt qui les dominoit. La mere d'Angélique ne put fupporter la profonde mifere dans laquelle elles vivoient; elle réfolut de tirer parti des charmes de fa fille : elle la fonda ; & n'ayant pas trouvé en elle les difpofitions qu'elle lui fouhaitoit, elle n'ofa pas infifter. A quelques jours de-là, elle lui dit que Lénoncourt avoit enfin fléchi fes parens ; qu'ils avoient confenti à leur hymen, & qu'il viendroit ce foir même l'affurer qu'elle régnoit toujours dans fon cœur. La pauvre Angélique peut à peine fupporter l'excès de joie que lui caufe cette nouvelle; elle fe pare autant qu'il lui eſt poſſible , & compte tous les inſtans juſqu'à l'heure indiquée. Agitée d'une tendre impatience, enivrée d'un eſpoir trompeur , elle fait remarquer à ſa mere combien il eſt doux de ſuivre la vertu , lorſque la porte s'ouvre doucement; Angélique ſe leve, court, fait un cri, revient ſur ſa chaiſe en lançant un regard furieux à cette mere indigne de l'avoir miſe au jour. Un homme inconnu la ſuit , jette une bourſe pleine d'or ſur une table , & s'approche de cette vertueuſe fille , pour en faire ſa victime. Elle ſe débat, ſe tourmente , appelle tantôt ſon amant , tantôt ſa mere ; mais cette derniere , impatiente de conſommer ſon crime , lui met un mouchoir devant la bouche pour empêcher que ſes cris ne la décelent : l'infortunée alloit fuccomber fous les efforts de ces infâmes, lorfque Lénoncourt parut. En paffant devant le logis de fa Maîtreffe, il avoit cru entendre un bruit fourd, nous rapportons tout à l'objet qui nous intéreffe : Lénoncourt inquiet, entra pour défendre fon amante, en cas qu'elle eût befoin de fon fecours. Ciel ! que devint-il, lorfqu'il la vit prefque entre les bras d'un rival : il fond fur lui, l'attaque, le preffe & donne le temps à la défolée Angélique de s'évader : mais à peine eut-elle fait une trentaine de pas, qu'elle fe laiffa tomber de foibleffe & d'effroi : ce fut dans cet inftant que nous la rencontrâmes.

Elle nous confia fes craintes, fes allarmes ; il n'étoit plus poffible qu'elle retournât chez fa mere, & cependant, elle n'avoit

perfonne

personne à qui demander asyle.
La crainte que cette malheureuse
avanture ne lui eût fait perdre
son amant pour toujours , ou
qu'il n'eût succombé dans le
combat, augmentoit encore son
inquiétude. Sa beauté , ses larmes , sa candeur nous touche-
rent ; nous résolûmes de tout
tenter pour faire son bonheur.
Nous la priâmes de se tranqui-
liser jusqu'à notre retour : nous
nous rendîmes chez les parens
de Lénoncourt : la tristesse de
ce tendre amant nous plût , &
nous prouva son amour pour la
belle Angélique. Nous offrîmes
aux parens de la doter ; chacun
de nous lui faisoit présent de
mille ecus ; ils accepterent notre
proposition , & nous remontâ-
mes dans notre carosse , suivi
du jeune amant : nous le fîmes
cacher dans un cabinet, en at-

tendant que nous euſſions préparé ſa maîtreſſe à cette nouvelle
inattendue. Elle n'oſa nous croire , changea vingt fois de couleur ; nous adreſſa quelques reproches, nous faiſant entendre
qu'il valoit mieux l'abandonner
que d'inſulter à ſa miſère.

Sans lui répondre , nous fîmes un ſigne , & l'amant parut.
Quel agréable ſpectacle pour
nous ! que l'étonnement & la
joie d'Angélique. Le reſpect,
l'amour brilloient dans les yeux
de ſon amant ; pour elle , lorſqu'il l'aborda , elle rougit, pâlit
& ſes regards modeſtes lui dirent qu'il n'étoit pas ſeul heureux : elle ſe démêla de ſes
bras avec tant de candeur , de
dignité, qu'elle nous fit une vive
impreſſion : nous ſouhaitâmes
en cet inſtant d'être auſſi vertueux
que ces amans , & un ſoupir in-

volontaire nous découvrit que
nous n'étions pas dignes d'un
bonheur fait pour la vertu feule.
Ce tendre couple nous fit les remercimens les plus vifs, & nous
exprima fa gratitude dans des
termes qui redoublerent notre
joie, parce qu'ils nous firent connoître le mérite de nos proté-
gés. Nos cœurs, au milieu des
plaifirs, de la volupté même,
n'avoient jamais reffenti une
joie auffi parfaite que dans ce
moment fortuné : nul repentir,
nul reproche fecret n'agitoit notre ame. Oh ! comment ofe-t-on
comparer les plaifirs criminels
avec le bien ineftimable, la joie
pure d'avoir fait une action vertueufe ! Quelle puiffance ne devroient pas avoir les charmes de
la vertu fur nos cœurs ! nous fi-
xâmes le jour de l'union des jeunes amans. Chaque careffe qu'ils

se faisoient, chaque regard, chaque sourire portoient dans nos
ames une sensation délicieuse.
Nous laissâmes l'heureux couple
jouir du suprême bonheur dans
les bras de la vertu, de l'amour
& de l'hymen : nous retournâ-
mes chercher de faux plaisirs que
le repentir suit à l'instant.

Parmi le murmure de la volupté qui m'environnoit, je ne
jouissois pas d'un contentement
parfait : certains ressouvenirs que
je ne pouvois toujours éloigner,
me troubloient. Ce qui jusqu'a-
lors avoit fait ma félicité, m'im-
portuna : ces années passées dans
l'innocence, me revinrent dans
l'idée : j'y portai mes regards ; je
soupirai. Les continuelles prieres de Messieurs F....... & Worden entretinrent mon anxiété : je
comparai leur conduite avec la
mienne ; ma présomption don-

na la torture à mon imagination
pour leur prêter des torts, mais
en vain ; la vérité diffipa l'illu-
fion, & la honte couvrit mon
front. Peut-être aurois-je pro-
fité des confeils de mes dignes
amis F.... & Worden, fi une
circonftance, auffi fatale qu'im-
prévue, ne m'eût replongé dans
un labyrinthe dont j'ai eu mille
peines à fortir : encore, femblable au compagnon d'Hercules *,
n'en fortis-je pas fans y laiffer
une partie de moi-même.

Je fus un jour me promener
feul au Bois de Boulogne : le
chagrin qui m'accabloit, me fit
enfoncer dans le plus épais du
Bois : là je me repréfentai mon
inconduite, les fuites qu'elle

---

* Théfée, enchaîné dans les enfers, qu'Hercules délivra aux dépens de fa peau qui demeura attachée fur la pierre.

pouvoit avoir; & je vins à dé-
tefter la vie libertine que je menois : j'appellai la vertu à mon
fecours, je fis vœu de la fuivre,
& de n'agir que par fes confeils :
une douce rêverie fuccéda à cette
réfolution, & fut interrompue
par des cris lamentables : je
volai du côté où j'entendois la
voix : je trouvai une jeune perfonne à genoux, devant un homme baigné dans fon fang. Trop
fenfible pour réfifter à ce fpecta-
cle, je m'approchai, & cette
aimable inconnue me pria de lui
aider à fecourir fon malheureux
frere, s'il en étoit encore temps :
nous vifitâmes fes bleffures, nous
les bandâmes; un refte de chaleur, nous donna de l'efpérance.
Je fis approcher mon caroffe
le plus près qu'il fut poffible, ils
y entrerent tous deux. La jeune
fille étoit inconfolable du mal-

heur arrivé à un frere qu'elle
chériffoit tendrement. Elle tenoit fa tête fur fes genoux, &
l'arofoit de fes larmes : je lui
demandai par quelle aventure
elle s'étoit trouvée dans le Bois,
elle m'apprit qu'une affaire d'intérêt , & d'où dépendoit toute
fa fortune, l'avoit conduite de
Lyon à Paris ; qu'en paffant par
le Bois de Boulogne, des voleurs
l'avoient attaqué, & avoient réduit fon frere dans l'état où je
venois de le trouver. Je lui offris
tous les fecours qui dépendoient
de moi ; elle les accepta avec une
modeftie & une reconnoiffance
qui m'enchanterent. Si-tôt que
nous fûmes dans un endroit
commode , j'envoyai chercher
un Chirurgien. Les bleffures du
jeune homme ne fe trouverent
pas mortelles ; le danger ne con-
fiftoit qu'en la perte du fang.

Il revint à lui : Ah ! Fanchon, s'écria-t-il, c'étoit le nom de sa sœur. Elle lui répondit par une foule de baisers qui prouvoient leur tendresse. Leur amitié m'enchanta, & mon cœur qui commençoit à être de la partie, s'émut à ce spectacle. Je mis dix louis dans la main de Fanchon, avec promesse d'avoir soin d'eux pendant leur séjour à Paris, & de passer peu de jours sans les voir. Elle rougit en prenant cet argent ; & me fit sentir que la seule nécessité la forçoit à l'accepter. La manière dont elle me remercia, me donna l'idée la plus avantageuse de son esprit & de son éducation. Je revins à Paris avec l'air de l'enjouement ; plus de chagrins, plus de remords, tout fut oublié : l'image de Fanchon remplissoit mon ame toute entiere. » On peut

» donc

donc, dis je en moi-même, » être
» vertueux au milieu des défor-
» dres; l'indolence, la frivolité
» dans laquelle je vis, ne m'a pas
» rendu infenfible aux malheurs
» d'Angélique & de Fanchon.
» Je fens même pour cette der-
» niere quelque chofe de plus
» que de la compaffion. Il me
» femble que je n'aurois pas fe-
» couru fon frere avec tant d'ar-
» deur, s'il eût été feul «.

Je racontai à M. F.... & à
Worden ce qui venoit de m'arriver. Ils ne refufoient jamais
de fecours aux malheureux. La
trifte fituation de Fanchon & de
fon frere les toucha. » Si ces
» perfonnes font honnêtes, fin-
» ceres, elles méritent vos foins,
» me répondit M. F.... mais,
» mon cher Comte, apprenez à
» être prudent jufques dans votre
» bienfaifance. La parcimonie

I. Partie.   I

» & la prodigalité peuvent nous
» rendre également répréhensi-
» bles ; & on l'est toujours lors-
» qu'on soutient le vice. Ecri-
» vons à Lyon, pendant ce tems
» vous prendrez soin de Fan-
» chon & de son frere ; & s'ils
» sont indignes de vos bien-
» faits, de votre protection , un
» juste mépris , un abandon to-
» tal vous vengeront «.

M. Worden & moi prîmes
soin de louer un petit appartement pour le frere & la sœur.
Quel homme que ce M. Wor-
den ! Cet air chagrin qu'il con-
servoit se dissipa pour la premiere
fois , parce qu'il trouva l'occasion d'être utile à ses semblables. Il m'accompagna chez
Fanchon. La vivacité que je met-
tois dans toutes mes démarches,
l'impatience où j'étois de revoir
cette belle fille , & la joie qui

s'emparoit de mes sens ; en pen-
sant que j'allois conduire Fanchon à Paris , toutes ces choses
étoient plus que suffisantes pour
me faire connoître que je l'aimois. Néanmoins je n'étois pas
exempt d'inquiétude , sa vertu
m'allarmoit , & j'aurois souhaité
qu'elle ne portât pas la sévérité
jusqu'à un certain point. Nous
la trouvâmes toute en larmes auprès du lit de ce frere chéri. Elle
se leva lorsque nous parûmes ;
mais à peine nous eut-elle envi-
sagé qu'elle retomba sur son sie-
ge , pâle & presque sans pouls :
le zèle avec lequel je m'employai
pour la soulager auroit découvert
le sentiment qui m'animoit au
pénétrant Worden , si son propre
embarras ne l'eût empêché d'y
faire la moindre attention. Immobile , regardant tour-à-tour
Fanchon , son frere & moi , il

ne se donnoit aucun mouvement
pour m'aider à la secourir. Elle
revint enfin à elle-même, ses
yeux se fixerent sur M. Worden,
elle rougit & partagea la confusion que lui avoit causé son aspect.
Après s'être un peu remise, elle
nous tint ce discours, de l'air
& du ton le plus chagrin.

» Ne vous étonnez pas, Mes-
» sieurs, de la profonde tristesse
» qui regne dans mon ame; dai-
» gnez m'écouter, j'espere méri-
» ter votre compassion. Jouets
» de la fortune, nous avons
» éprouvé ses caprices mon fre-
» re & moi, dès l'instant de notre
» naissance. Nous sommes d'une
» famille honnête ; notre pere
» mourut & nous laissa sous la
» tutelle d'une mere qui, asservie
» aux Loix d'un second hymen,
» ne fit rien pour nous. A sa
» mort, son mari nous dépouilla

» des biens qui nous apparte-
» noient. Cette injuſtice nous
» contraignit de venir à Paris,
» réclamer l'héritage paternel.
» Des voleurs ont achevé de nous
» ravir le peu qui nous reſtoit,
» ce qui rend notre poſition des
» plus embarraſſantes.

  » Abandonnée de tout le mon-
» de, excepté de vous, Monſieur
» (dit - elle en me regardant)
» menacée de perdre un frere
» que j'adore, ne tenant à rien
» dans l'Univers, n'ayant aucune
» reſſource, accablée de vos bien-
» faits, ſans pouvoir vous en té-
» moigner ma gratitude autre-
» ment que par mes larmes; je
» ſuis prête à ſuccomber ſous
» tant de maux. Effrayée de mon
» état, en bute à mille craintes
» mortelles, je n'ai d'autres preu-
» ves de mon exiſtence, que le
» ſentiment de ma douleur «.

Pendant qu'elle parloit , Worden la regardoit d'un air défiant,
rougiffoit, baiffoit les yeux , la
regardoit encore , & retomboit
dans fa premiere anxiété. Fanchon remarqua fon trouble :
elle le fixa d'un air affuré qui le
deconcerta tout-à-fait. Enfin, la
maniere dont elle s'exprimoit,
l'air de fageffe, de dignité même
qu'elle mettoit dans fes propos,
parurent le tranquilifer. Il fut
touché des larmes qu'elle répandoit, la confola, lui promit les
fecours dont elle avoit befoin.
Elle reçut fes offres avec tant de
retenue , de froideur, que je ne
pus m'empêcher d'y faire attention.

   Nous parlâmes à fon frere;
qui fe trouva affez bien , pour
nous remercier en peu de mots,
des foins que nous prenions pour
lui. La maniere noble, aifée, dont

il le fit; nous prévint en sa faveur. Le Chirurgien que nous
consultâmes ne vit aucun danger
à le transporter à Paris. Quelle
joie pour moi, de voir ma Fanchon à toutes les heures du jour!
Cette belle personne renchérit
sur les remercimens de son frere.
Elle s'étonnoit de notre prodigalité ; ce fut les termes dont
elle se servit. Chaque preuve
qu'elle nous donnoit de sa reconnoissance servoit en même-temps
à faire éclater sa vertu & sa religion : elle se jetta à genoux, &
là, remercia le Ciel, & le conjura
de nous bénir. Si ces actions de
graces déplurent à mon amour,
elles redoublerent mon estime &
mon respect. Je la conjurai de
poursuivre son procès, sans
avoir égard à l'argent, puisque
toute ma fortune étoit désormais
à son service. Je la quittai, le

cœur partagé entre l'amour &
l'admiration qu'elle m'infpiroit.

Worden n'étoit pas entiére-
ment revenu de fa rêverie ; je
lui en demandai le fujet. Il ne
me répondit qu'en biaifant. La
réferve qu'il mit dans fes répon-
fes, me fit foupçonner un mif-
tère dont je brûlois d'être inftruit. Il parloit des dépenfes ex-
ceffives que Fanchon me cauferoit, de la crainte qu'il avoit que
je ne fuffe trompé ; cette façon
d'agir me déplut. Je réfolus de
tirer quelques éclairciffemens de
Fanchon, puifque Worden ne
vouloit pas s'ouvrir à moi. A
notre retour il entretint M. F...
en particulier, & depuis cet inftant, l'un & l'autre me parurent
fur cet article, d'un froid à gla-
cer. Je leur en fis des reproches ;
ils me répondirent que ma compaffion & ma vigilance leur étant

connues , ils fe repofoient fur
moi de ce qu'il faudroit faire
pour ces gens. Le jour fuivant ,
je volai chez Fanchon , je la
trouvai inquiette. Elle ne man-
qua pas de fe rejetter fur la maladie de fon frere. Infenfible-
ment je vins à lui parler de M.
Worden. Elle changea de couleur
en l'entendant nommer. Je la conjurai de me dire fi elle le connoif-
foit, & pourquoi ce nom lui caufoit une fi forte émotion. Elle ré-
fifta long-temps , mit tout en
ufage pour éluder ma queftion.

Sa réferve excita ma curiofité,
je la preffai : après m'avoir fait
jurer de ne révéler jamais ce
qu'elle alloit m'apprendre , elle
me dit :

» Votre ami eft le plus pervers
» de tous les hommes : fous un
» extérieur honnête, réfléchi, il
» cache une ame perfide, un cœur

» abandonné aux crimes les plus
» atroces , à la débauche la plus
» honteufe. Je l'ai connu à Lyon ;
» il tenta envain de me féduire ;
» préfens , promeffes , prieres ,
» menaces , rien ne lui réuffit.
» Rebuté de mes juftes rigueurs,
» il m'enleva , de concert avec
» un de fes amis. Conduite dans
» une maifon écartée , feule avec
» mes Raviffeurs , je n'aurois pu
» éviter le plus grand des outra-
» ges , fi Worden & fon confi-
» dent ne fe fuffent querellé ,
» pour fçavoir à qui appartenoit
» le droit honteux de me défho-
» norer le premier. Ils fe batti-
» rent , fe blefferent l'un & l'au-
» tre ; je faifis cet inftant pour
» m'échapper. Depuis ce jour
» malheureux , je ne l'avois pas
» revu : Qui m'eût dit , hélas !
» que ce feroit mon bienfaicteur
» qui offriroit à mes yeux cet
» homme vil « !

» N'avez-vous point remar-
» qué fa rougeur, fon embar-
» ras, cette confufion dont rien
» n'a pu le tirer ? Tout cela ne
» dénote-t-il pas la crainte qu'il a
» d'être démafqué ? L'étonne-
» ment que me caufa fa vue me fit
» tomber en foibleffe. Je friffon-
» ne quand je penfe que cet hom-
» me va peut-être renouveller fes
» perfécutions. Voilà la caufe de
» mon inquiétude. Ma vertu eft
» la feule chofe que le fort m'ait
» laiffée, pourquoi faut-il qu'elle
» foit expofée à de fi rudes com-
» bats ! Si vous êtes fenfible à mes
» malheurs ; fi vous êtes humain,
» dérobez-moi à fes regards, je
» vous en conjure : protégez
» mon innocence, & faites que
» je ne fois plus en bute aux
» traits de votre perfide ami :
» que je ne le voie jamais, &
» fur-tout délivrez-moi de l'hor-

» reur de devoir quelque chofe
» à fes foins. Cachons même fon
» crime , l'humanité l'exige de
» nous. Ce que je vous dois ne
» m'a pas permis cette réferve
» avec vous : vous m'avez arra-
» ché mon fecret ; n'en abufez
» pas , je vous conjure «.

Elle fe tût , je parus rêveur;
fes yeux fe fixerent fur moi :
elle les baiffa , rougit , & je fus
perfuadé.

La furprife que me caufa le
récit de Fanchon fut inexpri-
mable. Je me féparai d'elle pref-
qu'auffi-tôt. » Quel monftre que
» ce Worden ! m'écriai-je : lui
» qui me prêche la vertu , mes
» égaremens égaleront - ils ja-
» mais fes crimes? Quoi! Wor-
» den qui paroît haïr le vice, a
» pu fe livrer à cet excès d'hor-
» reur ! Non, . . . mais en dois-
» je douter ! Fanchon , cette

» beauté que mon cœur idolâtre,
» a-t-elle pu m'en impoſer? Ah!
» jamais. Son cœur eſt noble, je
» l'aime, que faut-il de plus
» pour la croire innocente, &
» pour accabler l'indigne Wor-
» den de la haine & du mépris
» le plus parfait «. J'examinai la
conduite de Worden, je crus y
découvrir mille particularités,
qui me convainquoient de la
baſſeſſe de ſon ame. Je ne doutai
pas un moment qu'il n'eût pre-
venu M. F... contre Fanchon;
je fus pluſieurs fois ſur le point
de découvrir à ce dernier toute
l'horrible conduite de ſon ami.
La promeſſe que j'avois impru-
demment faite à Fanchon, me
retint. Je voyois cette fille tous
les jours, & chaque jour je ſen-
tois reſſerrer mes chaînes. Cette
aimable ſimplicité avec laquelle
elle s'exprimoit, ſon attache-

ment pour son frere , sa conftance , ses malheurs , tout augmentoit mon amour. Moi qui
sans héfiter, avois dit à Julie ce
que je reffentois pour elle , je
laiffai paffer plufieurs mois, sans
ofer avouer à Fanchon , que je
l'adorois. Conftant, son frere ,
se rétabliffoit à vue d'œil ; j'en
efpérois beaucoup pour le fuccès
de mon amour. Mon amitié pour
lui étoit proportionnée à l'ardeur
que je reffentois pour sa fœur ,
auffi s'efforçoit-il de la mériter.
Fanchon me conjura de la changer d'appartement ; j'en avois
autant d'envie qu'elle ; je craignois trop que Worden ne me
jouât quelques tours. Je les con-
duifis elle & son frere à St. Germain. Si-tôt qu'elle se crut en
sûreté, ses charmes reprirent leur
éclat , & mon amour devint plus
vif. Je lui demandai si elle avoit

pris des arrangemens pour faire revoir fon procès. Elle me répondit qu'elle n'ofoit y fonger, parce que cela coûteroit trop. » Vous avez tout fait pour nous, » continua-t-elle en répandant » quelques larmes, nous ferions » des ingrats fi nous abufions de » votre bonté. Non ! un Cloître » eft le feul bien qui me con- » vienne ; & je vous prierai, » lorfque mon frere pourra fe » paffer de mes foins, de me » donner les moyens d'y entrer «. Cette propofition me fit tref- faillir : j'employai toute mon éloquence pour la diffuader d'un tel deffein, & je la forçai d'accepter cinquante louis que j'avois fur moi. Elle ne voulut jamais les prendre, que fon frere ne m'eût fait une Obligation. » Mais fi nous perdons notre » procès, me dit-elle, en me

» lançant un regard qui me pé-
» nétra jufqu'au fond de l'ame ,
» qui vous rendra ce que vous
» nous avancez » ? Votre . . .
amitié , lui répondis - je d'un
ton qui fignifioit que je préten-
dois à quelque chofe de plus.

En revenant de St. Germain ,
je fis un tour à l'ancienne demeure de Fanchon. J'apperçus M.
Worden , qui s'informoit avec
la plus grande exactitude , de ce
que cette fille & fon frere étoient
devenus. Cette circonftance redoubla le mépris qu'il m'infpiroit. Que je fçus bon gré alors
à Fanchon , d'avoir changé de
logis ! Avez-vous vu Fanchon ,
me demanda-t-il d'un air myf-
térieux ? il jetta un regard d'intelligence fur M. F... qui l'accompagnoit. Non , répondis-je
froidement : elle a abandonné
cette Ville , on ne fçait où elle
s'eft

(113)

s'eſt retirée ; mille choſes me
forcent, ajouta-t-il, à vous découvrir ce que je voudrois pouvoir me cacher à moi – même.
Cette Fanchon eſt certainement
la plus dangereuſe créature qui
ſoit dans l'Univers. Ecoutez, &
remerciez la Providence de vous
avoir délivré d'une pareille femme.

» De triſtes avantures m'obli-
» gerent de quitter ma patrie,
» & de paſſer quelque temps à
» Livourne; j'y vis le Lord ***,
» il eſt mon parent, nous établî-
» mes bientôt entre nous une
» ſolide amitié, quoique notre
» façon de penſer & d'agir fût
» bien différente. Il entretenoit
» une jeune Italienne nommée
» Olimpe; on ne pouvoit ſe lier
» avec lui, ſans voir cette jeune
» perſonne, puiſqu'elle faiſoit
» les honneurs de ſa maiſon :

I. Partie.   K

» j'eus le malheur de plaire à cette
» fille. Elle me fit entendre sans
» ménagement , quels étoient
» ses sentimens pour moi. Je
» crus assez punir son audace ,
» en lui marquant un mépris dé-
» cidé ; son amour se changea
» en haine. Il lui fut facile de
» m'accuser auprès du Lord ; elle
» lui fit accroire que j'avois vou-
» lu la lui ravir. Le Lord fondit
» sur moi l'épée à la main , me
» blessa avant que j'eusse le temps
» de me mettre en garde. Une
» botte que je lui portai dans le
» bras droit , l'empêcha de con-
» tinuer à me presser. Je le quit-
» tai , je lui écrivis pour lui des-
» siller les yeux , & lui faire con-
» noître mon innocence , & je
» sortis d'Italie , pour n'être pas
» exposé davantage à la rage de
» cette furie. Jugez de mon éton-
» nement , lorsque je retrouvai

» dans Fanchon les traits & la
» voix d'Olimpe! Néanmoins,
» l'air de candeur de Fanchon ,
» & les apparences qui me fai-
» foient croire qu'elle étoit ef-
» fectivement Françoife, m'ont
» jetté dans une cruelle incerti-
» tude : je craignis de me trom-
» per. Je condamnai l'injuftice
» de mes foupçons, j'en rougis ;
» je m'efforçai de réparer mes
» torts fecrets ; plus je l'exami-
» nois, & p'us je retombois dans
» mes premiers doutes. Tant
» qu'ils n'ont point été entiére-
» ment réalifés, je me fuis bien
» gardé de parler, dans la crainte
» de nuire à une fille vertueufe.
» Aujourd hui que j'ai des preu-
» ves certaines de ce que j'avan-
» ce, je me croirois coupable,
» fi je ne vous avertiffois de
» toutes fes menées : F... feul
» a été mon confident. Je viens
K ij

» dans l'inſtant de recevoir des
» Lettres de Lyon; on n'a jamais
» entendu parler de Fanchon,
» ni de ſon hiſtoire. Je venois
» chez elle, pour l'obliger à m'a-
» vouer ce qu'elle ne peut
» plus me cacher, & la forcer
» d'abandonner des lieux qu'elle
» ſouille par ſa préſence «.

J'écoutai ce récit avec un air d'indifférence qui ſurprit beaucoup Meſſieurs F... & Worden. Ce que Fanchon m'avoit dit du dernier, me le fit regarder comme un monſtre. J'eus tant d'horreur pour ſa perſonne, que j'eus beſoin de toute ma raiſon pour ne pas éclater. Quelle calomnie! Fanchon, l'Italienne Olimpe! quelle différence entre le caractere de ces deux femmes! De tous les ſentimens que Worden m'inſpiroit, le mépris le plus profond me parut le ſeul moyen convenable pour le punir. Je lui répon-

dis féchement, qu'il étoit aifé
de fe méprendre, puifque rien
n'étoit fi ordinaire, que de voir un
méchant contrefaire avec fuccès
l'homme de bien. Je le quittai
enfuite, pour me délivrer de la
contrainte où fa vue me mettoit.
Si-tôt que je revis Fanchon, je
l'inftruifis de la méchanceté de
Worden. Elle m'écouta avec l'air
le plus férein, ce qui redoubla
encore l'eftime que j'avois pour
elle. Elle foupira à la fin de mon
récit, & pria le Ciel de pardonner à fes calomniateurs. Elle me
preffa de lui permettre de fe retirer dans un Couvent, feul endroit, difoit-elle, où elle fût à
l'abri de la méchanceté des hommes. Je la refufai avec autant d'ardeur qu'elle m'en pria. L'inftant
d'après, elle paffa dans une chambre voifine; & le défœuvrement
me porta à regarder dans fon fac

à ouvrage, qui étoit, par hazard, demeuré dans mes mains. Que devins-je, lorsque j'apperçus une Lettre qui n'étoit pas encore cachetée, écrite par Fanchon, & adressée au Duc de Ch. ...! Le nom de ce Duc, que je sçavois être des plus voluptueux, me rendit immobile : les bonnes qualités, le mérite de Fanchon, disparurent à mes yeux. Je tenois cette Lettre fatale, & n'avois pas la force de l'ouvrir. Enfin, honteux de ma foiblesse, je la lus : elle renfermoit un billet du Duc, que je parcourus aussi ; je n'y vis rien qui n'augmentât ma tendresse. Le Duc lui avouoit l'amour qu'elle lui avoit inspiré à sa premiere vue, mettoit son sort entre ses mains, & finissoit par lui offrir un Contrat de vingt mille écus, si elle consentoit à faire son bonheur. Voici ce qu'elle

répondoit à ſes propoſitions.
» Je ſuis malheureuſe, il eſt vrai ;
» eſt-ce un titre pour mériter vos
» outrages ? Ma vertu, mon
» honneur, me ſont trop chers
» pour les mettre en comparai-
» ſon avec ce que vous m'offrez.
» Gardez vos tréſors, & laiſſez-
» moi mon innocence ; elle ſeule
» peut m'attirer la protection du
» Ciel, que j'implore ſans ceſſe «.

Je ne pus exprimer mon contentement à la lecture de ce Billet. Je me réſolus plus que jamais de cacher à Monſieur F...
mon intrigue avec Fanchon : je
ne ſçavois comment faire pour
fournir au procès de cette fille,
& à tout ce qu'il lui falloit. Jamais je n'aurois pu tirer de Monſieur F... une ſomme ſuffiſante,
ſans être forcé de lui rendre
compte de l'uſage que j'en ferois.
J'eus recours au jeu, à la bourſe

de mes amis ; j'épuisai toutes les
reſſources, ſans que mes affaires
avançaſſent près d'elle. Son frere
avoit pris l'habit eccléſiaſtique,
& ſoutenoit très-bien ce perſon-
nage. Après avoir ſoupiré quelques mois en ſecret, je parlai.
Fanchon m'écouta les yeux baiſ-
ſés, & lorſque j'eus fini, voici
ce qu'elle me répondit : » Les
» obligations que je vous ai ſont
» trop grandes, pour ne pas
» vous laiſſer voir mon cœur à
» découvert. Oui, votre amour
» me cauſe la plus ſenſible dou-
» leur. Ah! Monſieur, abandon-
» nez une fille qui ne peut ni ne
» veut récompenſer votre paſ-
» ſion «. Fuyons, mon frere,
dit'elle à l'Abbé qui m'avoit écouté, fuyons ; tous ſervices inté-
reſſés ne peuvent m'être agréables. Elle ſe leva en achevant ces
mots, & voulut ſortir. Je fis

tout

tout ce que l'amour infenfé qui me dominoit, m'infpira pour l'adoucir. Je me jettai à fes pieds, j'arrofai fes mains de mes larmes, je la priai de me pardonner, & je lui promis de tout faire pour réduire mon amour à la fimple amitié. Son frere fe joignit à moi pour l'appaifer ; nous y réuffimes enfin.

Je fis de bonne foi tout ce qui me fut poffible pour vaincre ma paffion ; mais hélas ! cette image chérie m'accompagnoit par-tout où l'envie de me diffiper m'entretenoit.

Depuis que je m'étois lié avec Fanchon, je n'avois prefque pas vu mes amis. Lorfque je me crus malheureux, je les recherchai, pour faire diverfion à mon chagrin. Mais quel fut mon étonnement, en revoyant le Chevalier ! Cette ardeur, cette vivacité

I. Partie.   L

qui le rendoit fi aimable , étoit
changée en foupirs fréquens, en
mélancolie ; au milieu d'un cer-
cle brillant, il étoit taciturne ;
ce n'étoit plus ces railleries fines,
ces riens à la mode qui le faifoient
adorer ; un morne filence , des
fyllabes prononcées demi-bas ,
étoient tout ce qu'on pouvoit
tirer de lui.

Un jour que la triftefſe l'accabloit plus qu'à l'ordinaire , je le
conjurai de m'en découvrir la
caufe. Je le veux bien , me dit-
il , peut-être même vos confeils
m'aideront-ils à me tirer des circonftances délicates où je me
trouve.

» Il y a quelques mois que je
» devins amoureux de la Mar-
» quife de * * * , j'en fus écouté,
» fous promeſſe de l'époufer.
» Vous connoiffez ma répugnan-
» ce pour tout ce qui s'appelle

» lien : vous connoiſſez auſſi la
» Marquiſe, elle ne poſſede au-
» cun bien, ſa beauté eſt ſon
» ſeul avantage. Je ſuis le plus
» jeune de mes freres, & par
» conſéquent peu riche ; ainſi,
» ſi je m'engageois, ce ne pour-
» roit être qu'avec quelque hé-
» ritiere. D'après cela, imagi-
» nez, Comte, ſi mes promeſſes
» ont pu être ſinceres. Je me
» laſſai de feindre, lorſque je
» n'eus plus rien à déſirer. La
» Marquiſe au contraire, devint
» preſſante : une circonſtance
» que vous devinez aiſément,
» exigeoit de la promptitude :
» ſon état la força de ſe retirer
» à Chantilli : ſa fierté égale ſon
» amour pour moi : ſes plaintes
» me fatiguerent ; je me laſſai
» d'y répondre ; j'eus même la
» cruauté de badiner de ſon
» déſeſpoir. Elle m'a écrit : ſa

» Lettre a ranimé des feux éteints
» par une jouiffance précipitée.
» Mon cœur, depuis huit jours,
» eft en proie au choc furieux
» de toutes les paffions. Une fe-
» conde miffive que j'ai reçu ce
» matin, met le comble à mon
» trouble Lifez-la, cette Lettre
» importune, & dites-moi s'il
» eft au monde quelqu'un plus
» à plaindre que votre ami «.
Il me donna fa Lettre : elle m'eft
reftée, & je la tranfcris ici, ef-
pérant qu'elle fervira à garantir
les jeunes perfonnes, des pieges
que leur tend cette foule cor-
rompue d'êtres colifichés.

LETTRE.

» MA honte augmente tous
» les jours ; l'inftant qui doit la
» combler approche. La mort
» que j'attends, peut feule me

» délivrer des maux que j'endure;
» peut-être suis-je près de ce re-
» doutable moment que j'ai tou-
» jours appréhendé , mais que
» ta perfidie me fait envisager
» avec joie. Je veux employer le
» peu d'instants qui me restent ,
» à maudire l'heure de ton exis-
» tence , & celle qui m'a offerte
» à tes yeux. Ingrat! Barbare!...
» Quels noms puis-je te donner
» qui ne soient encore au dessous
» de ce que tu mérites ? Que ré-
» pondras-tu à celle qui t'a sacri-
» fié ce qu'elle avoit de plus cher?
» Vous m'avez méprisée, moi!..
» moi qui vous aime, qui vous
» adore, qui n'ai d'autre Dieu
» que vous ! Ah! Chevalier, dans
» cet instant où je m'efforce de
» vous haïr, mon cœur, mon lâche
» cœur souhaite encore de vous
» revoir tendre , sensible , & tel
» que vous me parûtes, lorsque je

» vous aimai. Oui , dans ce mo-
» ment où je t'écris , peut-être
» pour la derniere fois, je me re-
» trace ces traits charmants , cet
» air enchanteur ; ... alors mes
» larmes coulent, tu les vois ,
» tu te précipites à mes genoux,
» la plume m'échappe.... un
» regard , un seul regard me
» rend tout mon bonheur. Je
» vole dans tes bras, nos sou-
» pirs se confondent, nos cœurs,
» anéantis par l'excès du senti-
» ment , s'unissent pour nous
» rendre heureux! Nous jouis-
» sons. ... Ciel! quel réveil!..
» il est pire que la mort la plus
» affreuse « !

   » Je sçais que vous vous faites
» un jeu de la Divinité ; assez
» long-temps j'ai pensé comme
» vous; aujourd'hui je le recon-
» nois, ce Dieu, & je l'implore,
» non pour moi , il n'est plus

» temps ; mais pour qu'il me
» venge de votre perfidie. Vas,
» crains, il est puissant, cet Etre
» qui nous créa. Ton crime ne
» restera pas impuni, où il fau-
» droit que tes doutes fussent des
» réalités . . . C'est devant ce Ju-
» ge, que je t'attends ; & si, quels
» que soient mes tourments,
» je puis voir ceux qui te sont
» préparés, je bénirai l'Etre Su-
» prême. Meurs, vis, rien ne
» peut diminuer le désespoir de
» la malheureuse

MARQUISE DE ***.

Cette Lettre m'effraya, je sentis quelles sont les suites du désordre ; le sort de la Marquise
m'attendrit, je m'indignai contre le Chevalier, & je pensai
qu'il s'en falloit de peu, qu'il ne
m'eût entraîné dans de pareils

L iv

excès. Le malheur de cette infortunée ne me parut pas fans
remede : j'en envifageai un, dont
je fis part au Chevalier ; il pâlif-
foit au feul mot d'hymen , cependant cela feul pouvoit réparer
fon inconduite. Mes repréfen-
tations l'ébranlerent ; fon cœur
déchiré par l'amour , l'ambition,
& par l'horreur qu'il avoit conçu
pour le mariage , ne lui laiffoit
pas un moment de repos. Je lui
propofai un tour de promenade,
il y confentit. Je dis un mot à
mon Cocher , nous partîmes.
Où allons nous , me demanda le
Chevalier ? A Chantilli , répondis-je , rendre la joie à la pauvre
Marquife , & la rappeller à la
vie. J'eus beaucoup de peine à le
retenir dans le carroffe ; il vouloit m'échapper , fuir , fe battre
contre moi : je le calmai enfin,
il prit fon parti. A mefure que

nous approchions de Chantilli,
l'idée de la Marquife, fon état,
fes charmes, faifoient leur effet
fur un cœur fenfible : bien-tôt il
compta tous les inftants , & foupira après celui qui le devoit
mettre dans les bras de fon
amante.

Nous arrivâmes : la Marquife
luttoit contre la mort. Cette nouvelle fut un coup de foudre pour
le Chevalier : je voulus le retenir , mes efforts furent vains; il
la vit , & refta immobile. La
pâleur de la mort étoit fur fon
vifage, & effaçoit fes traits charmants , & pour-lors adorés. Elle
le reconnut ; le plaifir & l'horreur fe peignirent tour-à-tour
dans fes yeux égarés ; le dernier
l'emporta : » viens-tu pour me
» tourmenter encore ? Eft-ce
» pour jouir de ton forfait, que
» tu te préfentes à mes regards,

» monftre ! lui dit-elle, en lui
» lançant un coup d'œil qu'ani-
» moit la fureur ». Le pauvre
Chevalier éperdu, hors de lui,
fe jetta fur un fauteuil, fans pouvoir articuler un feul mot. Je
m'approchai alors de la Marquife. Le Chevalier, lui dis-je,
vous conjure de lui pardonner;
il vient vous offrir fon cœur,
fa main, & vous jurer une ardeur éternelle. Elle me regarda
fixement; je lui répétai ce que
je venois de lui dire. Eft-il vrai,
Chevalier, ne me trompez-vous
pas, lui demande-t-elle vivement ? Un oui prononcé du ton
le plus tendre, fut fa feule réponfe. Il faifit la main de fon
amante, la couvrit de baifers,
de larmes ; la ferra dans fes bras,
& fembloit vouloir retenir fon
ame prête à s'envoler. Elle jetta
fur lui un regard fi tendre & fi

expreſſif, que je ne l'oublierai
de mes jours. Hélas ! s'écria-t-
elle, il n'eſt plus temps .... Que
je ſuis malheureuſe ! malheureuſe pour toujours. ... Ces expreſ-
ſions nous étonnerent : des plaintes ſans ſuites nous apprirent enfin que, n'eſpérant point le retour de la tendreſſe du Chevalier,
elle s'étoit empoiſonnée, pour
enſevelir avec elle le malheureux
fruit de ſon déſordre. Le Chevalier tomba ſans ſentiment, & à
peine me reſta-t-il aſſez de forces
pour appeller du ſecours : j'envoyai de tous côtés chercher du
contre-poiſon pour la Marquiſe.
Lorſque mon ami fut revenu, je
voulus le ramener à Paris ; il me
fut impoſſible, il ſe précipita ſur
le lit de ſon amante, & rien ne
put l'en éloigner. Elle vécut encore une demi-heure. Quels inſtants, & comment furent-ils

employés! Elle prenoit la main
du Chevalier, l'arroioit de ses
larmes, la portoit sur son cœur,
le prioit de lui pardonner le chagrin qu'elle lui causoit, & lui
demandoit s'il l'aimoit encore :
l'instant d'après, elle le repoussoit,
& conjuroit le Ciel d'inventer de
nouveaux tourments pour déchirer le cœur du perfide. Revenue
de ce transport, elle lui disoit les
choses les plus tendres : elle ex-
pira enfin, le cœur partagé entre
l'amour & le désespoir ; elle connut, & commença cette éternité
qu'elle traitoit de chimere.

Le Chevalier se jetta sur son
corps, on fut obligé de l'en arracher. Je le ramenai chez lui
sans connoissance ; il fut bientôt
à l'extrémité. Dans sa maladie,
il voulut toujours m'avoir auprès de son lit : il me conjuroit
de ne le pas haïr : il se ressouve-

noit des vœux de la Marquise,
il craignoit de les voir s'accom-
plir. L'image de cette infortunée se présentoit sans cesse à sa
pensée : toutes les filles qui
avoient été les victimes de sa
lubricité , tous ceux que son
exemple ou ses leçons avoient
corrompus, venoient, disoit-il,
lui reprocher ses forfaits. Sauvez-
moi ! Sauvez-moi ! s'écrioit-il
avec effroi , en se jettant dans
mes bras. Ce n'étoit plus cet
homme si fier d'être , ce hardi
contempteur de toutes les vertus ; c'étoit un malheureux ,
que les remords poursuivoient.
L'existence de Dieu , l'incorpo-
réité de l'ame , la certitude d'un
bien ou d'un mal-être éternel ,
tout portoit des coups certains
à son ame troublée. Dans ces moments affreux , il souhaitoit avec
ardeur que toutes les vérités qu'il

entrevoyoit alors, ne fuſſent que
des chimères ; l'anéantiſſement
total lui paroiſſoit le ſouverain
bien : il ſentoit qu'il alloit mourir, cette idée étoit pour lui plus
cruelle que la mort : tantôt il
prioit Dieu avec larmes, de le
laiſſer vivre quelques années ;
tantôt il bravoit ſa colere, l'ac-
cuſant de cruauté dans les tourments qu'il lui faiſoit ſouffrir.
Perſonne ne ſe vouloit haſarder
à lui annoncer qu'il ne lui reſtoit
plus que peu de jours à vivre ;
je le fis. Moi ! ... Mourir!....
s'écria-t-il. Qui l'a dit ? ... Qui
l'ordonne ? ... Je vivrai, mor...
Je vivrai ! mais, reprenoit-il
avec confuſion, ne vaudroit-il
pas mieux retourner au néant
dont je ſuis ſorti, que de ſouffrir des douleurs auſſi aiguës.
Qu'ai-je à eſpérer, qu'ai-je à
craindre ? Rien, non rien!...

On appella un Religieux, pour
tâcher de l'éclairer fur fon état.
*Je connois auffi peu votre Dieu
que vous*, lui dit il, *laiffez-moi.*
Un inftant après, la crainte s'em-
parant de fon ame, il le fit approcher, lui arracha un chapelet
qu'il tenoit, le fupplia d'avoir
pitié de lui, d'intercéder pour
fon falut, & fonda un nombre
de Meffes pour le repos de fon
ame : peu de moments enfuite,
il jetta le chapelet loin de lui,
& recommença fes imprécations.
Il eft temps de tirer un voile fur
cette fcène d'horreur. Quelques
Lecteurs me fçauront peut-être
mauvais gré de la leur avoir mife
fous les yeux ; peut-être auffi les
perfonnes fenfées penferont avec
moi, qu'elle peut être de quelque utilité pour l'inftruction de
la jeuneffe.

Un après-midi, que le Comte

de * * *, pere du Chevalier, le
Marquis de Laroche & moi,
étions auprès de son lit, ensevè-
lis dans une profonde tristesse,
ses douleurs & son délire devinrent plus violents que jamais,
son pere tâcha de le calmer : il
aimoit ce fils, d'ailleurs son seul
exemple l'avoit perdu. Le Chevalier lui répondit avec aigreur,
& lui reprocha qu'il étoit l'unique cause de son malheur : le
Comte ne lui répondit que par
des larmes : le Marquis & moi,
ne pûmes soutenir cette scène,
nous sortîmes. Nous n'étions
pas au bout de l'appartement,
que les cris du Chevalier nous
contraignirent de rentrer. Dieu !
quel aspect ! . . . quelle horreur !
ma main refuse de tracer cette
affreuse aventure ; le Comte
étendu sur le parquet, nageant
dans son sang, son fils à genoux

à

côté de lui , un couteau à la main.... Il dit en nous voyant : *J'ai puni mon pere de ses crimes, & je me punis des miens.* En même temps , il leva le couteau teint du sang de son malheureux pere , se l'enfonça dans le cœur, & tomba sur son corps. Notre effroi ~~nous~~ rendit immobiles durant quelques moments ; nous appellâmes enfin , les domesti-ques monterent , & trouverent le Comte expiré, & son fils percé d'un coup mortel. On banda ses blessures ; il revint à lui, pleura son pere avec les larmes du dé-sespoir , & jura qu'il ne vouloit pas lui survivre. Lorsqu'il fut las de se tourmenter , il se tût , passa uu jour & une nuit dans un morne silence , & vers le matin , il s'écria d'une voix troublée : O Eternité ! Eternité ! & mourut

Je ne crois pas nécessaire de

m'étendre davantage fur un fujet
auffi trifte que celui-ci : l'exemple
qu'il fournit, les réflexions qu'il
occafionne , doivent fe graver
dans le cœur des peres & des enfants.

Le Marquis de la Roche,frappé
de la terrible fin du Chevalier, en
profita beaucoup mieux que moi :
il fe convertit & fut dans une folitude, couler une vie paifible,
méditer fur les vérités importantes de la religion. J'ai eu la fatisfaction , dans un temps où moi-
même avois abjuré mes erreurs,
j'ai , dis-je , eu la confolation
d'embraffer ce vertueux ami.
Que les vues de la Providence
font grandes , impénétrables !
Elle fe fert de la punition d'un
coupable, pour retirer du vice,
des cœurs qu'elle-même a choifis. La mort de mon ami m'affligea , mais fans me faire rentrer

en moi-même. Il étoit dit que
mes propres malheurs pour-
roient seuls opérer ce miracle.
Mon ame se confondoit, je me
perdois en raisonnements, quand
je pensois au Chevalier. Tantôt
je le voyois, le rire sur les levres, nager dans un Océan de
plaisir, insultant la vertu & la
Religion, pour acquérir une
célébrité passagere : tantôt je me
le représentois dans une éternité
malheureuse, souffrir par la seule
idée de ne pouvoir changer son
fort, maudissant ses crimes, lui-
même, & l'existence impassible,
qu'il n'étoit plus en son pouvoir
de perdre : quels aspects différents ! Je frémissois d'horreur,
au souvenir de nos communs
désordres ; mais cette horreur
ne put exciter un repentir sincere & durable. Je me disois que
je n'étois pas aussi coupable que

mon ami , & que dans quelques
années , il feroit temps de méditer ma retraite.

Au milieu de ces réflexions,
je reçus une Lettre de Fanchon ;
elle me prioit de la voir le
plutôt poffible. Tant de chofes
douloureufes s'étoient fuccé-
dées & fi rapidement , que j'a-
vois oublié Fanchon & toute la
nature. Sa Lettre me rappella
ma négligence. Huit jours paffés
fans la voir , me parurent mériter les plus grands reproches.
Je volai chez elle : je la trouvai
dans un chagrin extraordinaire.
Notre malheur eft au comble ,
me dit l'Abbé ; nous avons perdu
notre procès : nos efpérances
font évanouïes : les obligations
fans nombre que nous vous
avons , l'impoffibilité de les reconnoître , la difficulté de nous
foutenir à l'avenir , tout nous

plonge dans la douleur la plus
juste & la mieux sentie ; cependant , le Ciel nous a suscité un
bonheur. Un jeune homme qui
demeure dans cette maison , a
pris de l'inclination pour ma
sœur ; il l'a demandée en mariage : il possede de grands biens,
peut-être pourrions-nous par-
là nous acquitter d'une partie de
ce que nous vous devons.

Le discours de l'Abbé me fit
frémir : il me fut impossible de
lui répondre ; j'agitois en moi-
même comment je m'y pren-
drois pour rompre ce mariage ,
que je regardois comme le plus
grand des malheurs. Pendant
que je m'abîmois dans des pen-
sées diverses , Fanchon rentra.
Peu après mon arrivée , elle s'é-
toit absentée sur un léger pré-
texte ; elle revint accompagnée
du Quidam dont on venoit de

parler. Un air gauche, embar-
raffé , découvroit affez quelle
étoit fa naiffance. Voici, me dit
triftement Fanchon , la perfonne
qui veut me donner la main : vous
m'avez jufqu'ici tenu lieu de pere , je vous prie , comme tel ,
de me dire quelles font vos in-
tentions. En achevant ces mots ,
un foupir lui échappa : le jeune
homme s'approcha de moi avec
crainte. Le ton que je pris en lui
parlant , n'étoit pas propre à le
raffurer. Je le menaçai de la plus
cruelle vengeance, s'il ofoit concevoir le deffein d'époufer Fanchon · je lui ordonnai de fortir :
fa timidité naturelle , ou le ton
avec lequel je lui parlai , le força
d'obéir. Je vis les yeux de Fanchon
fe remplir de larmes. Quoi, vous
l'aimez ! m'écriai-je avec défefpoir. Que vous êtes injufte ! me
répondit-elle , pourquoi m'em-

pêchez-vous de prendre le feul
parti qui puiffe me tirer de la misère où le fort m'a réduite. Je
l'interrompis : promettez-moi de
ne plus penfer à cet homme, &
dans peu je vous ferai voir qu'il
eft pour vous ūn parti plus for-
table ; mais fi vous l'aimez.... —
Moi, l'aimer !... Ah ! grand
Dieu, pouvez-vous le penfer ?
Mon peu de fortune me forçoit
à m'unir à lui ; la raifon feule
m'impofoit cette néceffité. C'eft
affez, repris-je, je vous offre
mon cœur, ma fortune, ma
main : acceptez–les, fous condi-
tion, que notre hymen fera fecret, jufqu'au temps où je ferai
libre : j'ai d'importantes raifons
pour ménager Monfieur F.....
& mon Tuteur.

Malgré la froideur apparente
avec laquelle Fanchon reçut mes
offres, j'apperçus une joie fecrette

qu'elle cherchoit à me cacher.
Elle me repréfenta l'imprudence
de ma conduite ; ce que diroit le
monde , de me voir époufer une
fille fans biens , fans naiffance,
que la calomnie pourfuivoit, &
qui m'étoit inconnue. Plus elle
s'oppofoit à mon bonheur, plus
je l'admirois, & la preffois de le
combler. Elle céda : Vous l'em-
portez, mon cher Comte, me
dit - elle en foupirant , mon
amour combat pour vous, le
devoir fe taît. Je vous aime, je
puis à préfent vous l'avouer fans
honte. Je la pris dans mes bras,
je la ferrai contre mon cœur, &
je cueillis fur fes levres un baifer
qui acheva d'aliéner ma raifon.
Nous fîmes part de notre mariage à l'Abbé , qui avoit fuivi
le jeune homme, & qui ne m'en
parut pas auffi fatisfait qu'il auroit dû l'être ; il ne put même
retenir

retenir un foupir. Je lui reprochai fa froideur. Il fe juftifia le
mieux qu'il put, fe rejettant fur
la furprife que lui caufoit l'honneur que je daignois faire à fa
fœur. Nous prîmes des arrange-
ments pour nous marier trois
jours après. L'Abbé & fa fœur
devoient occuper un fort bel appartement près de notre Hôtel,
ce qui me donneroit la facilité
de la voir à toute heure. Je me
féparai de ma maîtreffe avec des
tranfports difficiles à décrire. Je
me trouvois ennobli à mes propres yeux. Avoir le courage de
facrifier les préjugés à la raifon,
c'eft être plus que Philofophe,
me difois-je. Qu'eft-ce que la
nobleffe ? Un jeu du hazard,
un caprice du fort.

Le paffage fubit d'une vive
douleur à une joie immodérée,
ne pouvoit échapper à Monfieur

I. Partie.   N

F. . . . il avoit fçu la trifte fin du Chevalier, mais il avoit eu la difcrétion de ne m'en pas parler, ne voulant point aigrir le chagrin dans lequel j'étois plongé, il fe contenta feulement de me laiffer voir la part qu il prenoit à ma douleur. Lorfqu'il me vit fatis-fait, joyeux même, fans cher-cher à me pénétrer, il me con-feilla & m'invita à quitter la France. » Ah ! mon cher Comte,
» me dit - il , retournons dans
» notre Patrie ; la déplorable
» avanture du Chevalier doit
» vous faire accepter cette pro-
» pofition avec plaifir. Qu'avez-
» vous fait à Dieu de plus que
» lui , pour éprouver fa bonté ,
» tandis qu'il éprouve fes ri-
» gueurs éternelles ? Quittons ce
» pays fatal où tout vous rap-
» pelle vos foibleffes. De fecrets
» preffentimens me forcent à

» précipiter ce voyage : tout eſt
» préparé : Worden , le digne
» Worden nous accompagnera,
» & nous jouirons dans ſa com-
» pagnie , des plaiſirs purs &
» innocents que procure la ver-
» tu «. Si la foudre fût tombée
à mes pieds , elle ne m'auroit pas
tant effrayé que ce diſcours. Il
falloit abandonner Fanchon ; &
dans quels. moments ! lorſque
mes ſouhaits alloient être accom-
plis , lorſque j'allois devenir le
plus fortuné des hommes.

Le jour de notre départ étoit
préciſément celui que j'avois mar-
qué pour mon hymen. A peine
fus-je capable de cacher mon
agitation Je me rejettai ſur la
foible ſanté de Monſieur F....
qui ne lui permettoit pas d'en-
treprendre un ſi long voyage.
Il ſoupçonna le motif qui me
faiſoit parler. » Ma vie ne m'eſt

» pas affez chere , me repondit-
» il , pour l'acheter aux dépens
» de votre félicité «. Je lui répondis que l'affection qu'il avoit
pour moi , ne pouvoit être mieux
payée qu'en m'abandonnant aux
foins qu'il daignoit en prendre.
Ce refpectable ami me preffa dans
fes bras , me nomma fon fils , &
m'accabla de careffes, tandis que
je ne méritois que fon mépris. Je
fentis mes torts , je me les reprochai , mais il ne fut pas en mon
pouvoir de revenir fur mes pas.

Monfieur F. . . . étoit plus pénétrant que je ne le croyois ; il
n'ignoroit pas mes liaifons avec
Fanchon , ainfi il ne fut point
furpris de l'objection que je lui
fis. Il prévit le mécontentement
que je recevrois , & fut bien fatisfait de me voir confentir à ce
qu'il exigeoit de moi : il crut ,
& fe trompa , que fon amitié

l'avoit emporté sur un amour aussi insensé que le mien. Un léger incident qui retarda notre départ, me donna le temps d'exécuter mes projets. M. Worden fut obligé de passer à Calais pour recueillir la succession d'un de ses amis qui lui laissoit tout son bien, & acquitter quelques legs dont son testament étoit chargé. Worden accomplit la volonté de son ami : il revint de Calais avec une diligence extrême, & rapporta deux millions que son ami lui laissoit. Cet empressement me parut suspect ; mon lâche cœur trouva sujet de lui imputer des motifs odieux. Mon premier soin avoit été d'apprendre à Fanchon la résolution de Monsieur F . . . . & le changement qu'elle apportoit dans nos desseins : elle s'affligea de ce contre-temps ; ses pleurs me prouverent combien je lui étois cher. Je ne pus réfister à fes larmes , je projettai de quitter Monfieur F.... la nuit même de fon départ. Pour cela je m'affurai de mon Valet-de-Chambre , dont je connoiffois l'attachement pour moi. La foirée entiere fe paffa dans des difcours remplis de confiance , de la part de mes deux amis , & de fourberie de la mienne. Le repentir que je témoignai avoir de mes fautes précédentes, le defir de retourner fincérement à la vertu , me fit recevoir des louanges de ces hommes vertueux. Qu'ils étoient loin de foup-çonner le tour que je m'apprê-tois à leur jouer ! Lorfque tout le monde fut livré au fommeil , je pris les deux tiers de notre ar-gent , & je me faifis de toutes les Lettres de changes que je trou-vai Jacob , ce Valet de confiance, avoit eu l'adreffe de fauver une malle , dans laquelle il avoit enfermé quelques hardes , & la meilleure partie de mon linge , nous partîmes.

Ce fut ainfi que j'abandonnai Monfieur F.... fans m'inquietter du chagrin que lui cauferoit ma fuite. Une Lettre que je laiffai fur ma table , le remercioit de tous fes foins , le prioit de ne point s'amufer à me chercher , parce que des raifons invincibles s'oppofoient à mon départ & à notre réunion. Je lui découvrois la méchanceté de M. Worden, je lui racontois fon hiftoire avec Fanchon, & je déplorois avec lui l'aveuglement & la méchanceté du cœur humain. J'écrivis auffi-tôt à mon tuteur, pour qu'il fît tenir une rente de 1000 écus à M. F... Au moyen de cet arrangement, je crus , tant j'étois aveuglé par

N iv

mon amour, avoir rempli les devoirs que l'amitié & la reconnoiffance exigeoient de moi. Un carroffe de place me mena chez Fanchon. Je fus affez heureux pour
efcompter mes billets avant que
Monfieur F.... pût s'y oppo-
fer, ce qui me mit en poffeffion
d'une fomme confidérable. Je me
rendis avec Fanchon & fon frere,
à St. E. que j'avois deftiné pour
être mon féjour. La cérémonie
devoit fe faire dans la maifon de
Fanchon, que je quittai par
décence. L'Abbé s'étoit affuré
d'un Prêtre & de deux témoins,
à qui je donnai affez d'argent
peur les engager au fecret, &
leur affurer une retraite. Ce jour
tant fouhaité arriva enfin ; avec
quelle impatience n'attendis-je
pas l'inftant qui devoit fceller
mon bonheur ! Chaque minute
me paroiffoit un fiecle. Je m'é-
lançai dans ma chaife ; mon Pof-

-tillon voulant seconder mon impatience , me renversa dans un
chemin difficile où il fut obligé
de passer ; ce qui me retint plusieurs heures. J'envoyai un de
mes gens instruire Fanchon de
ce petit accident. Comme j'attendois avec toute l'impatience
d'un homme amoureux , que ma
chaise fût raccommodée , je vis
un carrosse qui rouloit avec une
rapidité surprenante : plusieurs
Cavaliers l'escortoient , & parmi
eux, je crus reconnoître Worden.
Le cœur me battit , sans que j'en
pusse dire la raison. Ma chaise
raccommodée, je sautai dedans ,
& j'entrai chez Fanchon. Mon
Domestique , celui que je lui
avois envoyé , parut avec un air
si interdit , si effaré , que je lui
en demandai la cause.

La fureur , la rage , s'empara
de tout mon être ; au récit que

me fit cet homme. Fanchon ,
quelques inſtants avant mon arrivée , s'étoit vue enlevée par ordre du Lieutenant de Police : il
me dit enſuite , qu'un Monſieur
qui avoit accompagné l'Exempt,
m'attendoit dans la chambre de
ma maîtreſſe. Je jurai la mort de
cet homme , tel qu'il pût être.
J'entrai l'épée à la main. Quel
fut mon étonnement , d'appercevoir M. F....! La perte de Fanchon , plus encore la vue de celui
que j'accuſois de me l'avoir ravie,
me rendit incapable d'aucune
conſidération. Je ne ſongeai qu'à
me venger. Je m'élançai ſur lui ,
je lui appuyai la pointe de mon
épée ſur la poitrine , & je jurai
de le ſacrifier à mon déſeſpoir ,
s'il ne me rendoit Fanchon.
» Comblez la meſure de vos cri-
» mes , me dit-il froidement ;
» égorgez un ami qui vous rend

» le plus grand des services ; c'est
» ainsi qu'on court à la célébrité :
» achevez , mais 'n'esperez pas
» revoir cette malheureuse , qui
» vous rend si dissemblable à
» vous-même «. L'affront qu'il
faisoit à Fanchon , porta ma rage au plus grand excès : mon
sang se glace dans mes veines
à cet affreux souvenir. Je plon-
geai mon épée dans le sein de
celui à qui je devois plus qu'à
mon propre pere. *Ah ! Comte,
que vous me récompensez mal, du
soin que je prenois à vous éviter
des remords.* . . . . . . Il dit , &
tomba évanoui. Le ton avec lequel il s'exprimoit , la tendresse
qu'il me témoignoit , à moi , à
son lâche assassin · son sang qui
couloit à grands flots , répandu
par ma main : . . . cet ensemble
affreux fit revenir ma raison. Je
frémis de ma cruauté : j'oubliai

Fanchon tout ce qui m'étoit cher,
pour ne fonger qu'à fecourir l'infortuné F... mes cris firent accou-
rir fes Domeftiques & les miens.
Je me jettai fur fon corps : mes
larmes fe mêlerent avec fon fang,
je le conjurois de pardonner à un
infenfé, qui ne vivroit que le
temps d'obtenir fa grace.

On fit venir des Chirurgiens,
qui le panferent, & ne purent
affeoir de jugement certain. A
genoux devant fon lit, tenant
une de fes mains dans les miennes,
mes yeux fixés fur fes yeux mou-
rants ; je repaffois toutes les
preuves d'amitié qu'il m'avoit
données : chacune de ces preuves m'enfonçoit le poignard dans
le fein. Il avoit abandonné fa
patrie, facrifié tout ce qui lui
étoit cher, pour me fuivre, pour
contribuer à mon bonheur ; &
moi, barbare ! pour récompenfer fes foins, pour calmer la

douleur que mes égarements lui
ont caufés , je répands fon fang!
l'avourai - je ? Au milieu de
l'horreur que je m'infpirois à
moi-même , Fanchon trouvoit
place dans mon efprit. Je me la
repréfentois environnée d'ennemis , en proye à des fatellites
cruels, m'appellant à fon fecours,
& m'appellant envain. Elle &
Monfieur F... jettoient mon
ame dans un défordre fi grand ,
que j'en perdois prefque le fentiment. Je voulois courir après
Fanchon , mourir ou la pofféder ; jettois-je les yeux fur ma
victime , je voulois me tuer
moi-même , venger Monfieur
F... & fatisfaire à la fois à tant
de devoirs différents.

Ce refpectable ami revint à
lui : Ah Dieu ! que vois-je ? sé-
cria-t-il en m'appercevant. Je
me proſternai devant fon lit :
» Pourrez-vous me pardonner,

» lui dis-je, mon cher F...?
» Non!... cela n'eſt pas poſſi-
» ble. ... Jamais, ah! jamais...
» La mort.... «. Mes ſanglots
étoufferent ma voix. Il prit une
de mes mains , & n'ayant pas la
force de la ferrer , la porta à ſa
bouche , ſans que j'oſaſſe lever
les yeux ſur lui. » Je vous par-
» donne, mon cher Comte, me
» dit-il d'une voix foible , & je
» meurs content , ſi c'eſt ici vo-
» tre dernier crime. Ah! ce n'eſt
» pas trop de tout mon ſang , de
» ma vie, pour vous rendre à la
» vertu ! Ne vous affligez pas ,
» mon pauvre Comte, regardez-
» moi , & liſez dans mes yeux
» combien je partage vos ſouf-
» frances : laiſſez-vous toucher
» par les larmes d'un ami expi-
» rant, rendez-lui votre cœur,
» dont la perte lui eſt inſuppor-
» table : rappellez votre vertu,
» & par un ſincere retour, mé-

» ritez le pardon de vos égare-
» mens. Je suis moi-même cou-
» pable du malheur qui m'est ar-
» rivé. Mes expressions trop du-
» res ont dû vous choquer, je
» le sçais ; mais la vérité, l'ami-
» tié, dictoient mes paroles :
» elles m'ont emporté ; leur em-
» pire fut tyrannique, j'en suis
» assez puni. Oubliez ma foi-
» blesse ; pardonnez-moi d'avoir
» pu vous chagriner, & promet-
» tez-moi de ne point haïr ma
» mémoire «.

Cet amour, cette tendresse
qu'il me laissoit voir, fut la vengeance la plus accablante qu'il
pût tirer d'un homme sensible.
Combien de fois mon cœur s'ouvrit & saigna ! Dans le temps où
il croyoit mourir, ma félicité
étoit l'unique objet de ses sou-
haits. Quel excès de bonté, de
s'avouer coupable, pour me dif-

culper à mes propres yeux! Il paroiſſoit craindre que je ne le haïſſe. Moi! le haïr! haïr celui qui devoit m'abhorrer! Je lui découvris ce qui ſe paſſoit dans mon ame; je lui promis même, dans la chaleur de mon répentir, d'oublier Fanchon, quoique je la cruſſe toujours vertueuſe, & qu'elle ne me parût point mériter ſon infortune.

Mes promeſſes ranimerent M. F.... » Si je puis compter ſur » vous, me dit-il, je prie l'Etre » Suprême, de m'accorder ſeu- » lement une année de vie, pour » vous voir rendu à vous-même, » pour être témoin de votre féli- » cité. Que la mort me paroitra » douce alors «! Cette ſcène de ſentiment l'avoit trop ému, le Chirurgien me pria de me reti- rer. Je le fis à l'inſtant. En ſor- tant de ſa chambre, j'apperçus ſon

fon Domeftique , je l'appellai :
mes menaces ni mes promeffes
ne purent tirer de lui le lieu où
l'on conduifoit Fanchon : il me
peignit feulement l'inquiétude
que Monfieur F... avoit reffenti
lorfque je l'abandonnai. M. Worden & lui avoient parcouru tout
Paris & les environs. A force de
chercher , l'infatigable Worden
découvrit mes traces , les fuivit,
& me joignit à St. E. fans que
je l'apperçuffe : il s'introduifit
dans la maifon où demeuroit
Fanchon , & fçut que le lendemain je devois époufer une Demoifelle arrivée depuis deux
jours. Il ne douta point que ce
ne fût cette fille. Il fit toutes les
perquifitions poffibles pour découvrir ma demeure , mais ce
fut envain. Il revint trouver M.
F... & lui fit part de fa décou-
verte. Tous deux volerent chez

I. Partie.   O

le Lieutenant de Police , lui parlerent de Fanchon comme d'une fille perdue , & demanderent qu'elle fût enfermée Ils n'eurent pas beaucoup de peine à perfuader ce Magiftrat. On l'arrêta ; M Worden voulut la conduire lui-même à fa deftination. Les larmes , les cris de cette infortunée ne purent attendrir ces barbares Conducteurs ; ils la jetterent dans un carroffe , plus morte que vive. Monfieur F... m'attendit , pour tâcher de calmer la douleur à laquelle il prévoyoit que je m'abandonnerois. Ce récit excita ma compaffion & réveilla mon amour. Je jurai d'arracher ma maîtreffe des mains de fes raviffeurs. Que devenoit alors l'indifcrete promeffe que j'avois faite à Monfieur F....? Je cherchai les moyens de l'éluder , cela ne me parut pas difficile.

Je penfai qu'allant voir moi-mê-
mê ce Magiftrat, je l'attendri-
rois fur le fort d'une fille vertueufe, & qu'étant reconnue
pour telle, Monfieur F... ne
s'oppoferoit plus à mon hymen.

J'allois fortir pour exécuter ce
deffein, quand l'Abbé Conftant
s'offrit à mes yeux. Où avez-vous
laiffé Fanchon, m'écriai-je, perfuadé qu'ils devoient être enfemble ? » Vous l'avez perdue, per-
» due pour toujours, me ré-
» pondit-il triftement. Le bar-
» bare Worden l'a conduite au
» Havre-de-Grace : pareil fort
» m'étoit deftiné ; je me fuis éva-
» dé : quelques mots échappés
» à nos conducteurs m'avoient
» appris qu'on nous envoyoit
» aux Colonies. Qui fçait fi
» Worden, l'indigne Worden,
» ne la mène pas dans quelque
» lieu écarté, pour jouir fans

O ij

(164)

» obſtacle d'un triomphe ſi long-
» temps diſputé Hélas ! peut-
» être en cet inſtant que les cris
» de Fanchon ſont rétentir les
» échos : elle vous appelle à ſon
» ſecours , implore le Ciel ;
» tout eſt ſourd à ſa voix ; l'igno-
» minie l'attend , ſans que rien
» puiſſe la garantir de l'attentat
» de ce monſtre. Venez, Mon-
» ſieur , venez ; ſi nous ne pou-
» vons ſauver ma ſœur , ven-
» geons-la, frappons, déchirons
» le perfide , & mourons.

Je ne répondis rien , & courus
dans la chambre de Monſieur F...
Une trop longue abſence l'auroit
inquiété. Je prétextai une affaire,
& je l'aſſurai que je ſerois bientôt
de retour. Je ſortis ſans attendre
ſa réponſe. Partons, me dit l'Abbé, votre ſûreté l'exige. Si cet
homme mouroit , vous ne ſeriez
point à l'abri des pourſuites de

ce pays ; elles font terribles. Je
me fis fuivre par mes gens ; l'Abbé m'accompagna, & nous prîmes la pofte pour nous rendre
au Havre-de-Grace : chaque inftant me repréfentoit Fanchon
dans les bras de Monfieur Worden. Je croyois entendre fes cris,
voir fa réfiftance ; cette idée
m'enflammoit d'une colere que
je pouvois à peine modérer.

Arrivé au Havre , j'appris
que le vaiffeau qui portoit
Fanchon avoit mis à la voile
depuis quelques heures. Je
courus fur le port , j'offris une
forte récompenfe à quiconque
voudroit mettre une chalouppe
en mer pour courir après le
vaiffeau, qui enlevoit tout mon
bien. Mes offres furent inutiles,
des fignes certains d'un orage
violent, en empêcherent l'effi-
cacité. Je m'informai de Wor-

den ; je fçus qu'il étoit aux environs. Ma fureur s'accrut , je fis
mes efforts pour le rencontrer ;
mais fon bonheur voulut que je
priffe un chemin tout oppofé
à celui qu'il tenoit. Je revins
harraffé ; mes yeux fixés fur la
mer , en mefuroient l'étendue ;
je frémiffois. L'orage s'éleva, &
Fanchon me fut rendue, au moment où je m'y attendois le
moins. Le vaiffeau rentra dans
le port ; les vents contraires l'y
ramenerent malgré lui. Comblé
de joye , je traitai avec le Capitaine, pour mon paffage & celui
de trois de mes gens : mon deffein étoit de corrompre quelques
Matelots , que l'efpoir du gain
engageroit fans doute à me fervir, & à délivrer Fanchon : je
me féparai de l'Abbé, en le priant
de me joindre à un port où le
vaiffeau devoit relâcher. On me

dit qu'on comptoit partir fur le
foir : en attendant le moment
favorable , je me promenois fur
le bord de la mer , lorfqu'une
chalouppe aborda au rivage , &
deux perfonnes en defcendirent.
Une voix que je reconnus me fit
treffaillir. Ciel! c'étoit Fanchon!
Celui qui l'accompagnoit lui tenoit des propos & hafardoit des
careffes qui me furprirent. Cette
façon d'agir ne paroiffoit pas déplaire à Fanchon : fi elle n'y répondoit pas , du moins elle le
fouffroit , & le prioit de la mettre
promptement en fûreté. La rage
s'empara de tous mes fens. Je
courus fur ces perfides , l'épée
nûe à la main. Malheureux ! m'é-
criai-je , vous périrez. Mon rival
n'étoit point affez amoureux de
Fanchon , pour me la difputer
au péril de fa vie ; il s'enfuit avec
une célérité qui m'auroit fait rire

dans toute autre circonftance. Je
le pourfuivis, autant que l'obf-
curité me le permit, & fi mal-
heureufement, que je tombai;
j'entrainai dans ma chûte ma perfide maîtrelle, qui m'avoit re-
connu & fuivi : la crainte que
j'eus de l'avoir bleffée, fufpendit ma fureur, l'amour reprit
fes droits : je la relevai, je la
foutins dans mes bras, & je fus
affez foible pour l'embraffer Elle
foupira, me rendit mes careffes,
& j'oubliai tout pour me livrer
à la joie

Cependant lorfque je n'eus plus à
craindre pour fa vie, un fentiment
jaloux me troubla de nouveau,
je la repouffai, & mes queftions
furent entremélées de reproches.
Sauvez-moi feulement, me répondit elle, je me juftifierai bien
aifément. Je lui donnai la main ;
& le cœur partagé entre la crainte
&

& l'espérance, je la conduisis où
son frere étoit resté. Leur joie en
se revoyant, ne peut se comparer
qu'à la tendresse qu'ils avoient l'un
pour l'autre. Nous entrâmes dans
la cabane d'un Pêcheur, où nous
nous reposâmes quelques heures.
Fanchon me demanda comment
j'avois pu la suivre d'assez près
pour l'arracher à nos communs
ennemis. Je lui fis part de tout ce
qui m'étoit arrivé depuis notre
séparation. Elle me raconta à son
tour, que Worden lui avoit donné à choisir, ou de satisfaire sa
passion effrénée, ou d'être envoyée
dans les Colonies, pour subir
un esclavage affreux. Un rayon
d'espoir lui avoit fait choisir le
dernier parti : arrivée au vaisseau,
le fils du Capitaine s'étoit inté-
ressé pour elle, & lui avoit proposé de la délivrer, pourvu
qu'elle se rendît à ses desirs.

I. *Partie.*　　　　　P

Quelle alternative ! son cœur
treſſailloit au nom ſeul de l'Amé-
rique. Enfin , la crainte d'être
obligée de partir , la confiance
qu'elle avoit dans la Providence,
& l'eſpérance d'échapper encore
à ce nouveau péril , la réſolu-
rent à lui promettre ce qu'il voulut. Le gros temps leur fut favorable ; le vaiſſeau rentra dans le
port ; ils prirent une des cha-
louppes , & ſe ſauverent , à la
faveur de l'obſcurité. Fanchon
trembloit en penſant à la rançon
qu'on exigeoit d'elle. Dans ce
terrible inſtant , mon image l'oc-
cupoit toute entiere ; l'envie de
me revoir, de voler dans mes
bras, la ſoutenoit & lui donnoit
la force de ſouffrir les careſſes
de cette brute qui l'obſédoit ſi
cruellement. Son inquiétude augmentoit : elle conjuroit le Ciel
de la protéger, lorſqu'elle m'en-

tendit. La joie que lui causa ma
préfence, la crainte d'être reconnue dans cette conjoncture,
de me perdre pour toujours, & de
fe voir méprifée par un homme
qu'elle adoroit, la firent tomber
en voulant m'arrêter. Elle me
demanda fi elle auroit pu employer d'autres moyens pour
éviter le fort qu'on lui prépa-
roit. Sa franchife & la joie qu'elle
fit paroître en me retrouvant,
diffiperent mes doutes. Je l'em-
braffai, & mélai mes larmes à
fes pleurs : je ne pus cependant
m'empêcher de lui faire une
queftion. Je lui demandai comment elle efpéroit fe fouftraire
à fon nouvel amant. *Voici*, me
répondit-elle en tirant fon couteau d'un air affuré, *ce qui auroit fervi à me délivrer de fes
pourfuites*. Je frémis, & remerciai le Ciel, de m'être trouvé

affez à temps pour lui fauver la
vie. Nous prîmes la pofte, &
nous arrivâmes le lendemain à
Rouen : ce fut là que je m'unis
pour toujours à Fanchon. Quels
plaifirs ! Quels tranfports, de
ferrer Fanchon dans mes bras,
de la nommer l'époufe de mon
cœur ! Ceux qui aiment, parta-
geront & concevront feuls l'excès
de ma joie.

Les dépenfes que j'avois faites
pour retrouver Fanchon, avoient
diminué mes fonds ; j'écrivis
à mon tuteur de m'envoyer des
Lettres de change à l'adreffe que
je lui indiquois, & lui faifois
entendre que j'avois eu de fortes raifons pour me féparer de
Monfieur F. ... Je fis partir mon
Valet-de-chambre pour Paris,
avec ordre de s'informer fous
main de Monfieur F...; l'état
où je l'avois laiffé me caufoit

dès remords que tout l'art & les caresses de Fanchon ne pouvoient étouffer. Je sentois vivement l'horreur de mon procédé, mais l'amour m'ôtoit jusqu'au désir de réparer mes torts. Jacob me réconcilia avec moi-même, en m'apprenant que Monsieur F.... étoit rétabli ; il l'avoit vû sans en être apperçu, & l'avoit trouvé d'une tristesse excessive. Il s'étoit aussi informé de Worden ; il sçavoit que tous deux devoient quitter la France sous peu de jours. Je respirai ; néanmoins la tristesse de monsieur F.... ne laissa pas de me troubler : je concevois trop bien ce qui la causoit : quelques larmes mouillerent mes paupieres ; je les essuyai promptement, j'embrassai mon épouse, & j'oubliai tout l'Univers pour ne m'occuper que de mon bonheur.

P iij

Nous vivions très retirés : fatisfaits l'un de l'autre, nos jours
s'écouloient rapidement ; nous
nous fuffifions à nous - mêmes.
Madame de P * * * ne fut pas
quatre jours à prendre le ton
qu'exigeoit fon nouvel état ; elle
fembloit y être née : cette facilité
me furprit, je l'examinai ; fon
penchant pour le fafte, l'éclat,
étoit la feule chofe qui ne s'ac-
cordât point avec la fimplicité,
l'auftérité même qu'elle affectoit
avant fon mariage. Je cherchai
des raifons plaufibles pour la juftifier à mes yeux. » Quoi donc,
» me dis-je, la vertu confifte-
» roit-elle à rendre l'homme
» fauvage & infenfible aux com-
» modités de la vie ? Non : elle
» confifte dans l'art de jouir avec
» décence, mais avec goût «.
Je raifonnois d'après mon propre penchant, & j'imaginois que

l'envie de s'y conformer déter-
minoit celui d'une épouse adorée. Je ne m'en tins pas là : je
mis entre ses mains des livres
pernicieux, de ces Romans où
l'on puise la volupté, non cette
volupté pure, ces sensations dé-
licieuses que la vertu fait éprouver ; mais ces écarts d'imagination, ces riens bien écrits que la
légéreté du stile invite à lire, qui
corrompent les mœurs, n'amu-
sent que l'esprit, & ne parlent
point à l'ame. Chaque trait qu'elle
mettoit en pratique me sembloit
être mon ouvrage, & je me disois cent fois le jour que j'étois
trop heureux de former pour
moi le cœur d'une compagne
aussi aimable. Je sçavois qu'elle
m'aimoit, j'étois sans jalousie,
& l'aventure suivante me prouva
la sincérité de son amour.

Un de nos amis nous invita
P iv

d'aller à un bal qu'il donnoit
dans sa maison de campagne,
nous y fûmes. J'aimois trop Fanchon pour la perdre de vue un
instant. Sur le matin je la vis se
promener dans une allée écartée,
avec un jeune Espagnol qui l'a-
voit suivie toute la nuit. Quelques discours que j'entendis,
quelques regards furtifs que je
surpris, me donnerent toute la
jalousie dont j'étois susceptible. Je
les suivis de loin, j'écoutois les
fadeurs du jeune étranger avec
inquiétude ; & avec un dépit
étrange, les réponses vives, en-
jouées, & l'air agaçant que la
Comtesse prit avec lui. Je perdis
patience, & je m'avançai pour
les déconcerter & les punir.

Mon épouse qui m'entrevit,
accourut vers moi, sans quitter
la main de l'Espagnol. Mon cher
Comte, me dit-elle, ce jeune Monsieur m'a dit, assuré, persuadé, que

je ferois caufe de fa mort , fi je lui
refufois la permiffion de m'aimer,
& qui plus eft , un retour pro-
portionné à la grandeur de fa
paffion : vous connoiffez ma
fenfibilité , je voudrois concilier
ce que je vous dois avec ce que
je lui dois à lui - même. Ainfi,
mon cher, je vous demande la
permiffion de l'aimer, de répondre à fon ardeur : nous vous en
prions tous deux. Joignez-vous
donc à moi , Monfieur , dit-elle
à l'Efpagnol; uniffez vos prieres
aux miennes, pour peu que vous
aimiez la vie. Quoi ! vous n'avancez pas ! me ferois-je trompée ?
La confufion du jeune homme
fut telle , qu'il s'échappa de
nous , & fortit dans l'inftant du
jardin & de la maifon. Je pris
mon époufe dans mes bras , je
lui marquai le contentement que
je reffentois, & lui avouai avec

confufion, la jaloufie que j'avois éprouvé pendant un inftant.

Notre amour nous rendoit heureux, nous goûtions des plaifirs purs, & une joie innocente marquoit tous nos moments. L'Abbé feul étoit plongé dans une fombre mélancolie : fes foupirs, fon goût pour la folitude, tout annonçoit en lui un fecret chagrin. Fanchon le plaignoit, foupiroit avec lui ; elle n'épargnoit rien pour adoucir un mal dont elle ignoroit la caufe. Elle ne put s'empêcher de lui reprocher le peu d'intérêt qu'il prenoit à fon bonheur. Cette attaque le fit rougir, il balbutia quelques mots d'un air fi froid & fi contraint, qu'il m'en fit pitié. Il aime, dis-je à mon époufe, tout le décele. Le pauvre Abbé, que je le plains ! il n'a pu voir la félicité dont nous jouiffons, fans

en défirer une femblable. Je badi-
nois l'Abbé, je le priai de m'employer auprès de fa belle ; je lui
promettois tous les fecours de
l'amitié. Il fe prêtoit de bonne
grace à la raillerie ; enfin , le
temps, nos foins, le rendirent
plus tranquille.

J'entrai un jour dans l'appartement de mon époufe, j'y trouvai
l'Abbé ; ils s'embraffoient avec
autant d'ardeur que s'ils euffent
été amants. Je badinai mon beau-
frere , je lui demandai ce qu'il
réfervoit à fa maîtreffe, puifqu'il
prodiguoit tant de careffes à fa
fœur. Il fe troubla , & ne me
répondit rien. Il les partage entre
nous, me dit Fanchon , parce
qu'il fçait bien que j'ai autant de
droit fur fon cœur qu'elle peut y
en prétendre.

L'automne, l'hyver, s'écoulerent parmi les plaifirs : M. F...

ma patrie , tout ce que j'avois
aimé difparut de mon cœur ;
tout céda au plaifir toujours nouveau , de poſſéder Fanchon. Je
reçus une Lettre de Monſieur
de O… mon tuteur , il approu-
voit ma féparation d'avec M.
F… » c'eſt un myſantrope , m'é-
crivoit-il , qui ſe croit ſeul digne
d'exiſter ». Il me mandoit qu'il
avoit trouvé quelques difficultés
dans l'adminiſtration de mes
biens, mais qu'il eſpéroit les lever
inceſſamment : il m'envoyoit une
Lettre de change confidérable ,
& me conſeilloit de reſter quelque temps en France. Cette Lettre me mit à portée de ſatisfaire
mon penchant à la magnificence.
Nous revînmes à Paris : pour
éviter dêtre connus, nous prîmes
un nom ſuppoſé. Un équipage
leſte , beaucoup de Valets , une
livrée magnifique , enfin tout

chez moi annonçoit l'opulence, ou plutôt la folie. J'appris que Worden étoit encore à Paris, & que Monsieur F… ne voulant me rien devoir, s'étoit chargé de l'éducation d'un jeune Seigneur Allemand qui voyageoit. Nous jouîmes de tous les plaisirs que fournit cette Capitale. Fanchon aimoit les spectacles, nous passions peu de jours sans y aller.

Une piece nouvelle, dont le succès fut éclattant, nous attira à la Comédie françoise. Avant qu'on levât la toile, je vis un étranger qui avoit les yeux attachés sur mon épouse, & qui suivoit jusqu'à ses moindres mouvements. Cela me surprit, mais mon étonnement redoubla, lorsque je vis entrer Worden dans la même loge ; il embrassa cet étranger, & parut être avec lui dans la plus grande intimité.

Tout mon sang s'émut à la vue
de mon cruel ennemi. Je dis à
Fanchon ce que je venois de
voir : elle jetta les yeux sur cette
loge fatale, pâlit, & me dit avec
l'air de l'effroi : ôtez-moi de ce
lieu malheureux ; ôtez-m'en, je
vous en conjure. Nous avions
renvoyé notre carroſſe ; le temps
qu'il fallut employer pour en
avoir un de place, donna celui
à Worden de faire avancer le
ſien, & de nous ſuivre, ſans que
nous nous en apperçuſſions.

Lorſque nous fûmes rentrés,
mon épouſe m'apprit que l'étranger étoit cet ami de Worden, celui même qui avoit aidé à ſon
enlevement. Je ne doutai pas un
inſtant de cette vérité. Worden m'avoit dit qu'il s'étoit rac-
commodé avec le Lord *** ; il
ne me parut pas étonnant de les
voir dans la même loge. Le crime

unit les hommes ainfi que la vertu. Cette rencontre me fit naître l'envie de me venger de ces deux perfides. Je donnai ordre à mon Valet-de-chambre de s'informer fécrétement de la demeure de M. Worden & de fon ami le Lord *** ; j'aurois pu m'épargner cette peine, puifque le lendemain à mon réveil, je reçus une Lettre d'eux. Le porteur dit qu'il viendroit l'après-dîner chercher la réponfe. Je la lus, & ce qu'elle contenoit ne fit qu'augmenter ma rage. La voici :

MONSIEUR.

» LES prieres d'un ami qui
» m'eft cher, la probité que tout
» homme doit profeffer, & le
» bien qu'on m'a dit de vous,
» m'engagent à vous éclairer fur
» l'infigne tromperie qu'on vous

» fait. Je vis hier à vos côtés
» une perfonne qu'on m'a dit
» être votre époufe : je fouhaite
» pour votre honneur, pour
» votre repos, qu'il n'en foit
» rien. Sous quelque nom que
» cette dangereufe femme fe
» foit fait connoître à vous, elle
» n'eft autre qu'Olimpe de C***,
» Italienne de naiffance, qui fait
» fervir à fa perte & à celle des
» autres, les dons qu'elle a reçus
» de la nature. Elle eft avec un
» domeftique de fon pere, dont
» elle s'eft éprife, & qui l'a en-
» levée du fein de fa famille.
» L'indigence & l'amour du vice
» l'ont contrainte à chercher
» d'autres amants ; mais elle a
» toujours fu conferver ce mi-
» férable, qu'elle chérit plus que
» fa propre vie : il paffe pour
» fon frere. Forcez-la par vos
» menaces, d'avouer fes crimes:
» défiez-

» défiez-vous de son esprit, il est
» encore plus grand que sa beau-
» té, & c'est ce qui la rend si
» dangereuse. Croyez-en quel-
» qu'un qui en a fait une fatale
» expérience. C'est la vengeance
» qui m'a conduit d'Italie en
» France ; c'est moi qui ai puni
» ce misérable dans le bois de
» Boulogne : je ne voulus pas
» lui ôter la vie, je m'en repens
» aujourd'hui, puisqu'une juste
» sévérité vous eût garanti des
» piéges qui vous ont été tendus.
» Je suis prêt à soutenir devant
» cette femme perverse, ce que
» j'avance. Choisissez le temps,
» le lieu : l'honneur & la vérité
» me dictent ce billet; ils confon-
» dront l'imposture, la dévoile-
» ront, & vous rendront à vous-
» même «.

Puis-je rendre compte de ce
qui se passa alors dans mon ame ?

I. Partie.   Q

J'étois en bute aux passions les
plus cruelles. La haine , l'amour,
la curiosité , la vengeance parta-
geoient mon cœur , & se réunis-
soient pour le déchirer. La jalousie , compagne inséparable de
l'amour , me lançoit les traits
les plus acérés. Si les marques
de tendresse que Fanchon donnoit à son frere , l'incertitude
& l'obscurité de sa naissance ,
l'adresse avec laquelle elle avoit
éludé les questions que je lui
avois faites à ce sujet depuis
notre mariage , me faisoient
naître des doutes ; son amour ,
dont j'avois de fortes preuves, le
caractère odieux de Worden , me
rassuroient sur ce que je craignois.
Je désirois, j'appréhendois l'éclair-
cissement proposé. J'errois dans
un labyrinte de douleur. Après
avoir bien combattu, bien raison-
né, je m'écriai : » Non , non ! cette

» Lettre est aussi fausse que ceux
» qui l'ont écrite ; avois-je be-
» soin de ce nouveau trait, pour
» reconnoître les ennemis de
» Fanchon & les miens «! Au
milieu de ces réflexions, une,
plus douloureuse que toutes les
autres, s'empara de mon esprit :
je pensai que l'intérêt avoit pu
mettre Fanchon dans mes bras;
je frémis. Elle parut dans ce moment; je sentis à sa vue un mé-
lange de jalousie & de colere que
je ne pus lui cacher. Elle vit
mon désordre. La Lettre restée
sur ma table, & dont elle reconnut l'écriture, la fit tressail-
lir; elle la prit & la lut. Je l'exa-
minois avec attention, j'espérois
découvrir dans son visage de sûrs
indices de la vérité. Son étonnement fut égal au mien : enfin
elle me lança un regard triste,
mais passionné ; ses beaux yeux

fe remplirent de larmes ; fon
filence portoit l'expreffion de la
douleur. Cette fcène muette me
difpofa à l'attendriffement ; néanmoins je ne pus me vaincre jufqu'au point de la raffurer ; une
froideur involontaire l'allarma.
» On m'a ravi votre cœur, me
» dit–elle avec l'accent du défef-
» poir, mes ennemis pouvoient-
» ils fe venger plus cruellement ?
» les en croirez-vous ? Ne pour-
» rai-je me juftifier ? Ah ! plu-
» tôt raviffez-moi la vie, que
» votre haine me rendroit in-
» fupportable ! Eh bien, croyez
» que je fuis votre ennemie, que
» je fuis Olympe, que je vous
» ai trompé : vengez-vous, ma
» mort fervira à vous réconcilier
» avec les perfides qui m'outra-
» gent : que mon innocence foit
» un jour reconnue, je mourrai
» fatisfaite. Voilà ce que fouhaite

» celle qui ne peut vivre acca-
» blée de votre mépris «. Un
tel aveu ajóuta à ma surprise :
ce nom d'Olimpe fut un trait
de lumiere qui m'éblouit au lieu
de m'éclairer. Je ne pus lui répondre. Elle se crut méprisée.
» Je suis perdue, s'écria-t-elle,
» vous ne m'aimez plus ! je dois
» me punir de la perte de votre
» amour «. En disant ces mots,
elle sauta sur un pistolet qu'elle
apperçut sur ma cheminée. Cette
action me rendit à moi-même, je
ne vis que son amour, la crainte de
la perdre me fit tout oublier. Je
la désarmai, lui promis un amour
éternel, & je vouai une haine
implacable à ses ennemis. Vous
ne douterez donc plus de mon
amour ni de ma vertu ? me de-
manda-t-elle du ton le plus tendre. M'en préserve le Ciel, répondis - je avec transport : vis

pour ton époux , pour ta vengeance ; je fuis à toi pour toujours. — C'en eft affez, Comte,
il ne me refte qu'à confondre
ces vils impofteurs. Elle me
quitta, & revint peu après, tenant
un gros paquet de papiers écrits.
C'étoient les pieces du procès
qu'elle avoit perdu ; toutes prouvoient qu'elle fe nommoit Fanchon du Parc , & fon frere Conftant du Parc. Un coup d'œil que
je jettai fur ces papiers, me fatisfit.
Je me promis de tirer raifon de
l'outrage qu'on faifoit à la vertu
même. Je lui cachai mon deffein,
& je n'en parlai qu'à l'Abbé, à qui
je dis que je laiffois tous mes
biens à fa fœur & à lui , en cas
que je tombaffe fous les coups
de mes Adverfaires. L'Abbé me
propofa un expédient qui me
l'auroit fait méprifer , fi je n'euffe
confidéré qu'étant auffi offenfé

que moi, la rage lui troubloit
la raison. » Un duel, me dit-
» il, est un moyen très incertain,
» pour se venger d'un scélérat.
» Munissons-nous de pistolets
» que nous chargerons en pou-
» dre blanche ; nous nous défe-
» rons sans risque, de Worden
» & de son complice. Ont-ils
» mérité un destin plus heureux ?
Je ne lui cachai pas l'horreur que
m'inspiroit un tel projet ; il s'ex-
cusa sur la crainte que la fortune
ne me trahît, & sur l'intérêt qu'il
prenoit à ma vie. Je me rendis
au lieu désigné, suivi de mon
Valet-de-chambre. J'y trouvai
le Lord * * * & Worden, leur
air n'annonçoit rien d'ennemi.
Worden accourut à moi les bras
ouverts, & me dit : » Nous ne
» venons pas ici, mon cher
» Comte, dans le dessein de
» nous battre contre vous, nous

» excufons votre procédé , &
» nous vous demandons un feul
» inftant pour vous tirer de l'er-
» reur fatale «. . . . Pas un moment , Calomniateur , Traitre !
m'écriai-je, défends-toi, perfide,
ou je te perce. Apeine fe fut-il
mis en garde , que je m'apperçus de fa fupériorité. Il me porta
un coup d'épée dans la main. » Je
» ne vous fouhaite d'autre peine,
» que la connoiffance de votre
» foibleffe « , me cria-t-il. Il
remonta à cheval en difant ces
mots , & me lança un regard fi
fier , fi dédaigneux , que ma rage
en redoubla. Il appella fon ami,
lui dit de le fuivre , & d'abandonner un ingrat qui méfufoit
de leurs bontés. Je ne donnai
pas le temps au Lord de joindre
Worden , je l'attaquai , & je
reçus le prix de ma témérité. Un
coup d'épée dans le côté , me
mit

nit hors de combat. Worden, ramené, à ce qu'il m'a dit depuis, par l'inquiétude que je lui causois, me vit tomber, avant d'être à portée de nous séparer. Il blâma le Lord, vint à moi, me prit la main, voulut me secourir ; mais je le repoussai avec horreur. Ciel ! quelle opiniâtreté ! s'écria-t-il ; il me laissa entre les mains de ses gens & de mon Valet, & s'en fut avec son parent

    On me rapporta chez moi : Fanchon jetta des cris douloureux lorsqu'elle me vit en cet état : ses pleurs furent un baume salutaire pour mes blessures ; ils me prouvoient combien je lui étois cher : qu'avois-je à désirer ! Mon état fut long-temps douteux : je frémissois, quand je pensois qu'il faudroit peut-être mourir. Moi, insensé, qui l'avois cherchée, cette mort, je

fus affez foible pour la craindre.
Je fentois parfaitement que ma
vie n'avoit point été un modele
de vertu : la crainte naturelle aux
hommes, me faifoit faire des
vœux, pour recouvrer une fanté
dont je me promettois de faire
un meilleur ufage. La Comteffe
ne quittoit pas le chevet de mon
lit : fes larmes s'uniffoient à mes
douleurs, & chaque inftant où
je me fentois foulagé, étoit pour
elle l'aurore de la joie. Je recevois
de fa main tout ce qui m'étoit
néceffaire. Elle imaginoit cent
chofes capables de me diftraire,
& toujours le fuccès paffoit fon
attente. Tant d'attentions me
charmerent : comment penfer
qu'elle fût en effet cette dangereufe Olimpe, que toute la terre
devoit appréhender ?

La bonté de mon tempéra-
ment, les foins de Fanchon, la

Providence qui ne vouloit que
me punir, & non ma mort, me
redonnerent une vie que je
croyois devoir perdre. Je guéris,
je fus heureux, ou je crus l'être ;
mais hélas ! ma félicité disparut
comme un songe. Ce qui me reste
à raconter, méritera peut-être la
compassion de ceux qui liront ces
Mémoires : s'il est des fautes qui
attirent un blâme général sur celui qui les commet, n'en est-il
point aussi qui excitent la pitié
d'une ame sensible ?

Depuis mon combat, mon
épouse me pressoit de retourner
dans ma patrie : elle cachoit avec
soin l'envie qu'elle en avoit, &
ne laissoit paroître que le désir de
quitter un pays où je n'avois es-
suyé que des chagrins. Je découvris facilement le motif de cet
empressement : elle desiroit d'occuper le rang qui lui étoit dû ;

je réfolus de la fatisfaire , fans
lui faire voir que je l'avois péné-
trée. Prêt à partir , je reçus un
billet d'une main inconnue , &
fans fignature. Voici ce qu'il contenoit.

BILLET.

» Courez , volez à ***. Vo-
» tre tuteur & votre oncle le
» Comte de P... fe font unis
» contre vous. Votre fortune ,
» vous , tout eft perdu , fi vous
» n'êtes à la fin de ce mois à ***.

L'écriture m'étoit totalement
inconnue : je regardai ce billet
comme un piège qu'on me ten-
doit, & je ris de la miférable rufe
dont on fe fervoit pour me féparer
de mon époufe. Je reçus même
des Lettres de mon tuteur, qui
avoit le plus grand foin de ne pas
me laiffer manquer d'argent.Pour

faire comprendre à mes ennemis
que leur fourbe n'avoit point
réuſſi , je reſtai ſix mois à Paris
de plus que je ne me l'étois pro-
poſé. Que cette ſécurité me fut
fatale ! mais auſſi , pouvois-je
m'attendre à la trame déteſtable
qui fut ourdie contre moi ? Je
dois , pour répandre une clarté
néceſſaire dans cette partie de
ma narration , inférer ici ce que
je n'appris que lorſqu'un calme
inſtantané eût ſuccédé à la tem-
pête. On ſçait que le Comte de
P... mon oncle , n'avoit jamais
aimé mon pere : il ne voyoit
qu'avec peine la fortune dont
jouiſſoit ce dernier ; il ſe flattoit
au moins , qu'elle paſſeroit à ſes
enfants ; mais ſon mariage avec
Mademoiſelle de R *** fit ceſſer
cet eſpoir , & ma naiſſance mit
le comble à ſa mauvaiſe humeur.

Pendant mon abſence , le Roi

mourut, & le Comte devint le
favori de fon fucceffeur. Ce fut
alors qu'il effaya de me dépouil-
ler de mes biens : il acheta de
Monfieur de O***, des Titres
qui conftatoient ma naiffance.
Cet homme , qui s'entendoit
avec le Comte , en reçut une
fomme confidérable , & feignit
de prendre ma défenfe contre
lui pour conferver la réputa-
tion qu'il s'étoit acquife. Le
Comte fe prévalut contre moi
du refus que le feu Roi avoit
fait, de donner fon approbation
à un mariage qu'il défapprouvoit.
Mon pere s'étoit en effet marié
contre la volonté de fon maître,
& dans un pays étranger. Les
malheureufes fuites de cette
union , la mort de ma mere ,
avoient empêché que ce mariage
ne fût réhabilité toutes ces chofes firent preuves contre moi :

mes Juges , corrompus par les préfens de mon oncle, me condamnerent par défaut : les biens de mon pere pafferent dans les mains du Comte de P *** : on ne m'accorda qu'une penfion viagere de huit cens écus, comme fils naturel , & on me défendit de porter à l'avenir le nom & les armes de ma famille. On me fignifia cet arrêt fans que je fuffe inftruit du motif d'une telle procédure.

Peut-être aurois-je foutenu mon malheur avec fermeté, fi j'euffe été feul ; mais le temps, les circonftances , tout me le rendoit infupportable : je devois 60000 livres , & mes créanciers commençoient à me preffer étrangement. J'avois toujours vécu dans une magnificence extrême : comment me réduire à la plus grande médiocrité ? Paffer

R iv

du faîte des grandeurs dans l'état
le plus abject , quelle image ! !
quel aspect pour moi, qui ne
pouvois voir le malheur de mes
semblables , sans sentir mon ame
déchirée. La honte dont on cou-
vroit la cendre d'une mere res-
pectable , l'affront qu'on faisoit
à sa mémoire , l'idée que mon
cruel ennemi étoit le pere de
Caroline, de cette Caroline que
j'avois aimée ; tout augmentoit
mon désespoir. Comment avouer
à Fanchon que ce Comte de P***,
cet homme si fastueux , si fier de
ses titres , de sa naissance, n'é-
toit plus que M. de R ***? Ac-
coutumée à la plus grande magnificence , comment se rédui-
roit-elle à se passer des choses
les plus nécessaires ? Ces réflexions m'accabloient. Enfin je
résolus de cacher mon malheur
à Fanchon le plus qu'il me seroit

possible. J'avois mis une somme
à part pour ses menus plaisirs;
je m'en servis : cette foible res-
source fut bientôt épuisée. Il fallut enfin m'ouvrir à Fanchon. Je
lui cachai l'injustice du Comte de
P***, & lui dis simplement qu'un
procès considérable m'empêchoit de soutenir le train que j'a-
vois pris. Je m'apperçus que
cette nouvelle l'attristoit excessi-
vement ; je ne sçais ce à quoi je
me serois porté, sans un incident
d'autant plus agréable qu'il ne
pouvoit être prévu. Un Marchand de mon pays me fit tenir
une Lettre de change de mille
ducats, sans me marquer de qui il
en avoit reçu l'ordre. C'étoit l'u-
nique argent que je possédasse:
j'étois trop fier pour accepter la
pension qui m'étoit offerte par
mon oncle. J'avois écrit à M. de
O***; ma Lettre, dictée par

un cœur ulcéré, portoit l'expreffion de ma fureur ; le Comte de
P*** n'y étoit pas plus ménagé :
il me fembloit diminuer l'horreur de mon état, en en démaf-
quant les perfides auteurs.

La fomme qu'on m'avoit fait
toucher fut bien-tôt diffipée : je
vendis mon carroffe, mes che-
vaux, je renvoyai mes Domeftiques, & changeai mon Hôtel
contre un très-petit appartement.
Lorfque mes connoiffances vi-
rent cette réforme, elles fe reti-
rerent de moi, & ma maifon devint déferte : à peine daigna-t-on
s'appercevoir que j'exiftois. Cet
abandon général me rendit Philofophe. Je m'emportai contre
les hommes, contre ceux qui fe
donnent le nom de fages, fans
penfer que mes feules folies m'a-
voient réduit à la mifère la plus
profonde. Ne fuis-je pas le même

sous un simple habit, que sous le faste brillant de l'or & des broderies, me dis-je? Pourquoi donc suis-je méprisé, si je n'ai perdu qu'un vain éclat?

A tant d'événemens douloureux s'en joignit un qui me désespéra entièrement ; Fanchon fit succéder la froideur à l'amour. Ce n'étoit plus cette fille qui soutenoit l'indigence avec résignation, avec dignité : c'étoit la Comtesse de P***, enchantée de son rang, & ne concevant pas qu'on pût être heureux, sans posséder tout ce qu'on appelle superflu. Je n'avois pu lui cacher mon malheur. Elle s'en prévalut pour m'accabler : j'eus à soutenir des reproches amers, des dédains affectés : elle me laissoit seul des heures entières ; & quand je m'en plaignois, elle me demandoit avec humeur, si je voulois la

priver de tout à la fois. Chaque
complaisance qu'elle avoit pour
moi , elle exigeoit que je l'en
récompenfaffe par un préfent.
Enfin , jamais homme ne fut plus
malheureux , & jamais homme
ne le fentit plus vivement que
moi.

Je vendis fucceffivement mes
bijoux , mes habits , mon linge,
pour procurer à mon époufe
tous les agrémens qui pouvoient lui diminuer l'idée de
nos malheurs. Il ne me reftoit
plus enfin que trois louis. Le
défefpoir fe faifit de tout mon
être ; je fortis de chez moi, je
courus fur le Pont Royal. Prêt
à m'élancer dans la riviere pour
mettre fin aux maux que je fouf-
frois, la Providence , qui fe fert
de tous moyens pour retirer de
l'abîme les malheureux qu'elle
protege , permit que je fiffe une

réflexion qui fufpendit l'effet de
mon défefpoir. » A quoi me fer-
» vira, me dis-je, d'emporter au
» tombeau le peu qui me refte?
» Jouons, peut-être la fortune
» réparera-t-elle fes injuftices «.
Je courus dans une maifon où je
fçavois qu'on jouoit gros jeu. En
deux heures je gagnai deux mille
livres ; l'envie de mourir difparut : revenu au logis , je donnai
la moitié de la fomme à Fanchon,
le quart à l'Abbé , & réfervai
l'autre pour jouer le lendemain.

Il vint , ce lendemain fi défiré,
la fortune me traita encore mieux
que la veille : dès-lors mon bonheur m'enivra : je calculai combien je gagnerois par an : par ce
moyen mes Créanciers étoient
fatisfaits, je reprenois équipage,
& je me trouvois plus heureux
qu'avant la perte de mes biens.
Fier de ce bonheur fantaftique,

je hazardai un coup qui me valut
200 louis. A la vue de cet or, ma
tête se perdit tout-à-fait. La raison me diſoit de me contenter de
cet avantage ; mais l'avarice,
paſſion inſatiable, me fit riſquer
une partie de mon gain, je perdis. Piqué de cet échec, je mis
ſur une carte tout ce qui me reſtoit d'argent, ma montre, mon
épée ; je perdis encore Je courus
chercher l'Abbé, je le priai de
me prêter la moitié de la ſomme
que je lui avois donnée. Il me
répondit bruſquement qu'il ne
le pouvoit point ; que ce matin
même, un de ſes amis la lui avoit
empruntée. Fanchon, qui ſur-
vint, entendit notre altercation:
Voici, me dit-elle, l'argent que
vous me confiâtes hier ; je vous
l'ai gardé, faites-en l'uſage qu'il
vous plaira.

L'attention de Fanchon dimi-

nua la colere que je ressentois contre son frere ; je la remerciai avec
transport, & n'en voulus acce p-
ter que la moitié, quelque ins-
tance qu'elle m'en fît ; peut-être
ces cinq cens livres n'auroient-
elles pas eu un meilleur destin
que les autres, s'il n'étoit survenu
un incident qui m'empêcha de les
risquer. Un ami, le seul qui me
restoit, (c'étoit celui dont j'a-
vois fait le moins de cas), me
vint avertir que mes Créanciers
avoient obtenu un Ordre pour
me faire arrêter. Je me retirai
secrétement chez celui qui m'a-
voit averti. Fanchon seule fut
du secret. Elle m'accompagna,
& ne me quitta que pour travail-
ler à ma liberté. Quel aspect pour
moi, lorsque je fus seul ! Pourquoi suis-je en bute à la colere
du Ciel ? m'écriai-je. Tant de
méchants vivent, pendant que

moi , je n'ai donc été créé que pour me voir accablé de peines ? Tant que j'ai nagé dans l'opulence , j'ai été heureux ; aujourd'hui que j'ai abjuré mes erreurs , je fuis malheureux, plus malheureux que tous mes femblables. Faut-il remercier la Providence du mal qui nous arrive ? Faut il s'en plaindre ? Hélas ! que dois-je faire ! . . . m'affliger !

Fanchon revint , & fon arrivée me caufa toute la joie que j'étois capable de goûter : elle employa pour me confoler , ce que l'amour a de plus tendre & de plus perfuafif : elle me ferroit dans fes bras , me baignoit de fes larmes , s'accufant de tous les malheurs qui m'étoient arrivés ; elle me conjura de lui permettre de partager ma folitude, m'affurant qu'elle ne pouvoit vivre fans moi. Je la regardai fixement , &
lui

lui dis : » Tu m'aimes encore,
» chere Fanchon ! Ah ! je ne dé-
» fire plus rien. Non, je n'ai rien
» perdu puifque ton cœur me
» refte. Je remercie la Provi-
» dence des peines qu'elle m'en-
» voie ; elles font bien compen-
» fées, par le plaifir de pofféder
» ton cœur «. De ces fentimens
nous paffâmes aux tranfports les
plus vifs : mes malheurs difpa-
rurent ; je ne vis, je ne fentis
que le bien ineftimable d'être aimé, aimé pour moi-même....
Revenus à nous, nous goûtions
ce calme enchanteur, ce repos
délicieux fi néceffaire à l'épuife-
ment total, lorfque ma porte
s'ouvrit avec bruit : plufieurs
hommes parurent, m'entoure-
rent, m'arrachèrent des bras de
mon époufe éplorée, & me traî-
nerent en prifon : ces barbares
furent fourds à fes prieres, à fes

I. Partie.   S

larmes : pour moi , insensible à
tout , abîmé dans le sentiment
de ma douleur , je ne fis aucune
résistance & les suivis , sans dire
un seul mot Je m'éveillai enfin
de cette apathie totale , & la vue
de la prison m'assura que mon
malheur étoit au comble. Je frémis , je m'emportai contre le
Souverain Etre, j'osai l'accuser
de cruauté ; cependant je ne devois ce qui m'arrivoit qu'à moi-
même. La dureté avec laquelle
j'avois abandonné Monsieur F ...
pour courir après une fille qui
m'étoit inconnue , ce mariage
insensé, les offenses que j'avois
faites à Worden , à Monsieur F...
que j'avois lâchement assassiné.
Que de choses j'avois à me reprocher ! Si je me fusse laissé gou-
verner par la raison , combien
de peines, de crimes je me serois
épargné ! Mais tel est l'homme ;

il ne connoit le péril , que lorfqu'il a fenti les atteintes les plus
cruelles : les réflexions que je fais,
actuellement que je fuis au port,
ne fe préfenterent point alors à
mon idée. Je ne fongeai qu'à l'injuftice des hommes , & je réfolus
de braver le fort , tel qu'il fût.
Je tombai dans une efpecé de
myfantropie : je pris le monde
en horreur ; tous les hommes me
parurent des fcélérats ; Fanchon
& moi étions les feuls êtres vertueux & raifonnables. Après
m'être bien tourmenté , je cherchai de la confolation dans mon
propre cœur : j'y defcendis, &
fon agitation m'apprit que je n'é-
tois pas vertueux , que je ne pof-
fédois pas cette quiétude qui aide
à fupporter les peines les plus
cuifantes. J'eus recours à la religion ; je l'avois abandonnée, elle
m'abandonna à fon tour. Depuis

ma liaison avec le Chevalier de
la Grange , je m'étois fait une
loi de n'en professer aucune ,
fondé sur ce principe : *Dieu est
bon , juste , il n'a pu nous créer
pour nous rendre malheureux.* Ma
disgrace m'apprit la fausseté de
cette solution ; tout disparut à
mes yeux. J'essayai de la Philosophie Stoïque ; elle me servit
aussi peu que mes sophismes :
plus je voulois me persuader que
je ne souffrois pas , plus mes
douleurs augmentoient ; envain
me disois - je : *le sage est riche
au milieu de l'indigence , le sage
seul est heureux.* Mon cœur sentoit qu'il auroit donné la préfé-
rence à la folie , s il eût pu choisir
entr'elle & la sagesse.

Il ne me restoit plus d'autre
consolation que la tendresse de
Fanchon , cela seul me fit goûter
un peu de repos ; mais bientôt elle

ne fervit qu'à redoubler mestour-
mens. Je voyois une épouse adorée, digne de porter une cou-
ronne, je la voyois réduite dans
l'état le plus abject, & cela par
la faute d'un homme qu'elle ido-
lâtroit : je voyois couler fes larmes, j'entendois fes foupirs :
cette idée déchiroit mon cœur.

Je croyois que le fort avoit
épuifé tous fes traits, je me trom-
pois ; mes dettes n'étoient pas la
feule caufe de ma détention. On
m'accufoit de m'être paré de
faux titres, pour ruiner les Mar-
chands; on me menaçoit comme
tel, de m'infliger les Galères.
Qu'on fe repréfente mes tranfports, ma rage, mon effroi ! Il
m'étoit cependant facile de confondre mes ennemis, j'avois mes
papiers ; & de plus, la copie des
Actes injuftes qui me dépouil-
loient de l'héritage paternel. Fan-

chon avoit foin de tout cela ,
quand il fallut les produire , je
les lui fis demander : mais Dieu !
quelle fut ma furprife, quand on
me dit que mon époufe , peu
d'heures après ma détention ,
s'en étoit allée dans un carroffe
magnifique , fuivie d'une nom-
breufe livrée ; & qu'elle avoit
emporté le refte de mes effets !
Le jour même , je fubis un long
interrogatoire , auquel je ne répondis pas un mot : on me ra-
mena dans mon cachot. Ce fut
àlors que je m'abandonnai au
plus fombre défefpoir : mon
cœur , trop ferré pour que je
puffe répandre des larmes , ne
pouffoit que des gémiffemens
confus. Je m'écriois au fort de
ma douleur : Fanchon ! . . . . . .
infidele ! . . . perfide ! . . . . Ma tête
s'affoiblit , & je ne fçais ce que je
ferois devenu , fi cet état violent

eût duré plus long-temps. On
me rappélla à moi-même par
quelques essences qu'on me fit
prendre : je repris mes sens, &
ma rage renaquit avec eux. Je
passai une semaine dans cet état,
toujours roulant des projets de
vengeance que ma prison rendoit impossibles. Un jour que
j'étois enseveli dans la douleur,
on ouvrit ma porte : un Marchand, mon principal Créan-
cier, vint à moi les bras ouverts.
» Vous êtes libre, me dit-il en
» m'embrassant : j'ai mille excu-
» ses à vous faire, d'avoir été
» cause du traitement indigne
» que vous avez éprouvé; je viens
» réparer ma faute. Venez avec
» moi, dans ma maison, je
» vous l'offre, elle est à vous ;
» disposez-en «. Je l'écoutai avec
une indifférence dont il fut surpris ; il me répéta deux ou trois

fois les mêmes paroles, sans que je lui répondisse. J'étois si troublé, que je me laissai conduire à son carrosse, sans lui faire le moindre remerciement. Pour lui, il parloit de trahison, de méchanceté, de reconnoissance, du bonheur de posséder un ami qui étoit peut-être le seul qui existât. Tous ces discours étoient autant d'énigmes pour moi : son babil m'importunoit. Enfin je le remerciai, & lui demandai l'explication de tout ce qu'il m'avoit dit. Des révérences, des excuses, des protestations de services, l'apologie de sa discrétion, ce fut tout ce que j'en tirai.

Mon impatience s'accrut à tel point, que je voulus laisser là cet importun babillard ; mais son secret lui pesoit trop pour me laisser échapper de la sorte. » Un » de vos amis, me dit-il enfin, » m'a

» m'a confié une fomme confi-
» dérable, & m'a chargé de fatis-
» faire vos autres Créanciers : je
» les ai affemblés chez moi, j'ai
» compté avec eux , je les ai
» payés ; & voici ce qui vous
» refte «. Je l'interrompis , pour
le conjurer de m'apprendre quel
étoit mon bienfaiteur. » Par-
» donnez , me dit-il , j'ai ordre
» de me taire : je fuis homme
» d'honneur ; je ne manque
» point à ma parole. Qu'il vous
» fuffife qu'il eft étranger, An-
» glois de nation , qu'il eft le
» meilleur de vos amis, & qu'il
» vaut mieux que cent François
» enfemble ; il s'eft fié à moi ,
» auffi n'a-t-il point à s'en repen-
» tir ; car je ne parle jamais que
» de ce qui me regarde «. Je fus
on ne peut plus content de la
difcrétion du Marchand. C'eft
Worden , m'écriai-je tout hors

I. Partie.   T

hors de moi : Eſt - il poſſible
que je lui doive ma délivrance ?
» Vous l'avez deviné , reprit-il ,
» je ne vous l'aurois pas dit pour-
» tant , car je ſuis eſclave de
» ma parole «. Il me dit enſuite
que Worden ayant appris la perte
de mon procès & ma détention
comme fabricateur de faux titres,
avoit fait connoître mon innocence à mes Juges , & s'étoit
tranſporté chez lui , pour le charger de me délivrer. Il finit ſon
récit par des exclamations , des
réflexions ſur la méchanceté des
hommes , & tout cela avec une
loquacité qui me fit comprendre
qu'il ne m'avoit pas tout dit. Il
vouloit ſe faire prier, j'acquieſçai
à ſon deſir ; je le preſſai tant ,
qu'il tira avec l'air du myſtere un
billet de ſon portefeuille , & me
le donna. Je le lus , relus , & je
doutai encore ſi mes yeux ne me

trompoient pas. Il étoit de la
main de Fanchon, fans fignature. On avertiffoit le Marchand
du lieu où je m'étois retiré : on
faifoit entendre que j'étois un
fripon qui, fous le nom du Comte de P***, cherchoit par-tout
quelqu'un qu'il pût duper. Fanchon a écrit cette Lettre !......
m'écriai-je plein de rage : mon
époufe, grand Dieu !... Votre
époufe, dit-il avec etonnement !
J'ai reçu cette Lettre d'un inconnu qui a demandé fon falaire : il
a difparu auffi-tôt ; je l'ai fait
fuivre, je l'ai vu entrer chez
vous, & je vous ai plaint, d'a-
voir des traîtres dans votre maifon. Le Marchand ne pouvoit
affez s'étonner des procédés de
ma femme. Quant au porteur, il
me le dépeignit, & je le reconnus pour l'Abbé. Il ne me refta
pas le moindre doute fur la per-

fidie de Fanchon : qui pouvoit
me jouer un tour auffi fanglant ?

Mon cœur s'efforçoit de la
juftifier, mais c'étoit envain ;
cette trahifon parut fi horrible
au Marchand, qu'il ne pouvoit
la croire réelle. Je lui perfuadai
facilement cette vérité. La vengeance que je méditois, me donna la force de cacher une partie
de mon trouble. Je me féparai
de cet homme, malgré tout ce
qu'il fit pour me retenir. Je le
remerciai, & le priai d'exprimer toute ma gratitude à Worden, & de lui dire que la honte
ne me permettoit pas de paroître
devant lui. Je ne lui recomman-
dai point le fecret, je favois affez
qu'il ne le garderoit pas : je re-
tournai à mon logis, où je m'informai de ce qu'étoit devenue
Fanchon. Il y avoit à peine deux
heures que j'étois emprifonné,

lorſque le Duc de *** l'étoit venu chercher, pour la conduire à
ſon Hôtel ; l'Abbé s'étoit éclipſé,
on ne ſavoit ce qu'il étoit devenu.
Je les cherchai tous deux pendant quelques jours, ſans pouvoir les rencontrer. Je vis enfin
Fanchon à la ſortie de l'Opéra :
elle étoit couverte de pierre-
ries, le Duc lui donnoit la main ;
elle lui prodiguoit ces regards
enchanteurs, ces tendres ſou-
rires, qui avoient ſi long-temps
fait ma félicité. Je ſuivis l'équipage, il arrêta bientôt devant
un magnifique Hôtel. Ma honte
étoit certaine, il ne me reſtoit
plus qu'à me venger. Fanchon,
le Duc, l'Abbé, étoient trois
victimes dévouées à mon juſte
reſſentiment. Je conçus un deſſein des plus bizarres, il me
réuſſit. Je ſavois que le Maréchal
de... étoit intime ami du Duc,

je me déterminai à tirer parti de
cette connoiffance. Je fis amitié
avec un ancien Valet du Duc,
qui avoit fa confiance ; je lui fis
accroire que j'étois fort bien
avec le Maréchal, que je favois
tous fes fecrets, & que je voulois lui donner une preuve de
mon amitié pour lui. Je lui dis
que fon maître ayant enlevé la
maîtreffe du Maréchal, à qui
j'appartenois, il vouloit s'en
venger fur le Duc, de façon ou
d'autre, & que le feul moyen
d'affurer fa vie, étoit de faire
entrer le Maréchal dans l'appartement de Fanchon, l'affurant
qu'il fe contenteroit d'occuper
fa place, fans pouffer l'affaire
plus loin. Celui à qui je m'adref-
fois étoit Normand, & par con-
féquent, difpofé à gagner de
l'argent à quelque prix que ce
fût. Je lui promis cent louis,

s'il facilitoit l'entreprise. Son
cœur s'épanouit , à la vue de
l'or que je fis briller à ses yeux.
Il m'accorda tout ce que je voulus , & me dit en riant , que son
maître se ruinoit pour cette fille ;
qu'elle disoit par-tout qu'un jeune Comte , aussi sot qu'on peut
l'être , l'avoit épousée , ruinée,
& étoit devenu fou , ce qui l'o-
bligeoit à mener une vie peu
digne de sa naissance. Cet homme
rioit & m'engageoit à rire aux
dépens de ce pauvre Comte.
Nous nous séparâmes bons amis:
nous convînmes qu'au premier
moment, il introduiroit le Maréchal dans l'appartement de Fanchon. L'occasion se présenta le
lendemain. Le Duc donnoit une
superbe fête à sa maîtresse , la
confusion me fut favorable. Je
me déguisai : je me munis d'une
paire de pistolets que je cachai

T iv

foigneufement à mon Normand:
un mafque, un manteau, me
firent paffer pour le Maréchal.
Je fus reçu comme tel, & conduit refpectueufement dans la
chambre de ma perfide époufe.
Je me cachai derriere un rideau:
Fanchon parut; elle étoit feule
avec une de fes femmes, qu'elle
renvoya après s'être fait déshabil-
ler. Elle prit un livre, & s'affit
à côté d'une table. J'eus tout le
temps de la confidérer : en la
regardant ma colere fe diffipoit,
l'amour reprenoit fon empire,
& je me déteftois moi-même,
lorfque je penfois au motif qui
m'avoit porté à m'introduire
dans cette chambre. Je ne fais où
m'eût conduit mon amour, mon
repentir, fi une nouvelle infulte
n'eût étouffé ces favorables fentimens. Je vis entrer l'Abbé, couvert de la livrée du Duc: Fanchon

le reçut avec une arriette Italienne. Je compris par leurs discours,
qu'un ordre supérieur empêchoit
le Duc de passer la nuit avec elle :
leurs railleries sur ce nouvel
amant furent une petite consolation pour moi. L'Abbé prit
avec empressement la place que
le Duc devoit occuper. Ma fureur se ralluma, je tirai sur lui,
je le manquai ; il s'évada. Dé-
sespéré de voir échapper une
de mes victimes, je tirai l'autre
pistolet, & je punis la coupable
Fanchon de tous ses forfaits. Ses
cris & le bruit des pistolets atti-
rerent toute la maison dans son
appartement. Je me sauvai heu-
reusement, & je revins chez moi
sans avoir couru le moindre risque.

La vengeance que je venois
d'exercer sur Fanchon, me donnoit une joie sensible : je fus

perfuadé que je l'avois tuée ; mon
unique chagrin étoit d'avoir man-
qué l'Abbé. La joie , ce fentiment qui m'étoit fi peu naturel,
difparut bientôt. Je devins plus
malheureux que je ne l'avois été ;
je paffois les jours entiers enfermé
dans ma chambre, à me plaindre
de mes infortunes. L'injuftice de
mon oncle , la trahifon de Fanchon , la honte de cette malheu-
reufe alliance , & l'inquiétude
de paffer une vie obfcure ; cet
en femble étoit plus fort que ma
raifon. Je me haïffois , j'avois
tous les hommes en horreur.
» Ils font tous des méchans, des
» traîtres , m'écriai - je ! Etes-
» vous heureux, ils vous flat-
» tent, ils font vos efclaves ;
» êtes-vous infortuné , ils de-
» viennent vos tyrans : n'atten-
» dez d'eux que du mépris, c'eft
» le feul fentiment qui fuccede

» à la flaterie : ils ne font créés
» que pour fe tourmenter mu-
» tuellement : l'humanité n'eft
» qu'un fonge, un rien philofo-
» phique : l'ambition & l'ava-
» rice font la bafe de toutes leurs
» actions «.

Plein de ces penfées , je fus
me promener aux Tuileries.
Je choifis une allée écartée :
je m'affis à côté d'un homme
fimplement vêtu. Il rêvoit auffi
bien que moi : nous foupirions
tous deux. Il me regarda long-
temps, enfin il me parla. » Par-
» donnez mon indifcrétion, me
» dit-il, tout chez vous annonce
» l'inclémence du fort. Je ne
» fuis pas plus heureux que vous.
» La conformité que j'apperçois
» entre nous , m'engage à vous
» confier mes malheurs, & à vous
» prier de me faire le récit des
» vôtres. Ce fera une confolation

» pour celui de nous qui fe trou-
» vera le moins à plaindre «.

Il eft fi doux, de verfer fes
fecrets dans un cœur fenfible, que
je fuivis le penchant qu'ont tous
les infortunés à dire & redire ce
qui fait leur misère. Je lui racontai toutes les particularités de ma
vie ; je ne lui cachai point les
mouvements de haine que les
procédés du monde m'infpi-
roient. » Que vous êtes fimple,
» me répondit-il avec un fourire
» ironique, qu'attendez-vous de
» mieux fur cette terre ennemie?
» Pouvez-vous exiger de fes ha-
» bitants de l'équité, de la com-
» paffion, de la fidélité, de l'a-
» mour ; puifque toutes ces ver-
» tus font autant de fyftêmes
» philofophiques, & de problê-
» mes à réfoudre ? Ecoutez ce
» que j'ai fouffert, & vous con-
» viendrez de la juftelfe de ce
» raifonnement.

» Je fuis Anglois ; la fortune
» ne m'a donné de la naiſſance ,
» des richeſſes , qu'afin de me
» rendre plus miſérable : j'épou-
» ſai une perſonne que j'aimois
» tendrement ; pour prix de
» mes bienfaits elle me trahit ,
» ſe livra aux déſordres le plus
» éclatants , & fit ſervir mon
» bien à payer ſes amants. Un
» procès qu'elle m'intenta, acheva
» de me ruiner : je pris parti
» dans les troupes ; je fis juſ-
» qu'à l'impoſſible pour perdre
» une vie qui m'étoit devenue à
» charge ; mais le ſort me la
» conſerva en dépit de mes
» vœux. J'ai ſervi dix ans ſim-
» ple Lieutenant : j'eſpérois m'a-
» vancer , lorſque la maîtreſſe
» du Miniſtre , qui ne m'aimoit
» pas , me fit réformer. Un de
» mes amis me promit un em-
» ploi , ſi je voulois donner une

» somme au Valet-de-chambre
» d'un Duc. Je vendis tous mes
» effets, j'en portai l'argent à
» mon lâche ami, qui obtint
» pour lui la place qu'il m'avoit
» promise. Pauvre, délaissé, j'eus
» recours à un de mes freres,
» qui tenoit un rang distingué
» dans sa Province. Il me donna
» un de ses vieux habits avec
» quelques guinées, en me di-
» sant d'aller chercher fortune
» ailleurs. Un Evêque, qui me
» devoit son élévation, craignit
» que je ne la lui reprochasse, il
» m'accusa d'hérésie ; chacun
» s'éloigna de moi ; & ceux qui
» me fuyoient ainsi, nioient à
» chaque instant l'existence d'un
» Dieu. Je découvris une cons-
» piration contre ma patrie; les
» conjurés étoient puissants; mon
» droit d'avis me valut un ba-
» nissement perpétuel. Je vins

» en France : j'étois pauvre,
» raifon pour être exclus de
» toute fociété : mon air, mes
» manières, mon langage, tout
» fut faifi, raillé & méprifé.
» Un homme à qui jai fauvé la
» vie, me fait une rente de fix
» cens livres, parce que fa paf-
» fion dominante eft de paroître
» foutenir les pauvres «.

Apprenez donc de quelle façon je me comporte avec ce
monde, l'objet de vos clameurs.
Je fais qu'il me hait ; eh bien,
je me venge en le méprifant. Je
me réjouis lorfque je vois des
miférables, il fuffit qu'ils foient
hommes, pour que j'infulte à
leur douleur : je n'envie point
le fort de ceux qui profperent,
parce que je fuis perfuadé que
leurs concitoyens les rendront
bientôt auffi infortunés que moi.
L'infenfibilité que j'ai pour mon

état actuel, eſt la ſeule choſe
dont j'aie à remercier la fortune.

Cet homme extraordinaire
m'accompagna chez moi, &
m'inſpira ſes ſentimens. Le lendemain, a peine fut-il jour, que
je le vis entrer. ,, J'ai penſé à vous,
,, me dit - il d'un air riant, j'ai
,, imaginé que vous n'aviez pas
,, autant de courage que moi,
,, pour ſoutenir le poids de vos
,, malheurs : il eſt une voie
,, courte, facile pour vous en
,, délivrer je viens vous la pro-
,, poſer. Qu'avons-nous à eſpé-
,, rer dans ce monde, où la vertu
,, eſt condamnée à d'éternelles
,, larmes ? Abandonnons - le :
,, verrons-nous toujours le cri-
,, me triompher avec impu-
,, nité ? Un inſtant, un ſeul
,, inſtant nous fera paſſer dans
,, un ſejour où nous ne crain-
,, drons point d'entendre les

» accens de la douleur : nous ne
» fommes bons à rien, Monfieur:
» j'avoue que l'amour de la vie,
» dont on nous fait un devoir,
» combat le défir d'éprouver
» une félicité éternelle ; mais cet
» amour , ce devoir , doit cé-
» der à celui de nous la procurer
» au plutôt «. *Dieu eft miféri-*
cordieux , jufte ; il ne peut punir
le defir de quitter un monde cor-
rompu. Tel fut le difcours de
cet homme.

L'impatience avec laquelle je
fupportois mes malheurs , le peu
d'efpoir de changer mon fort ,
les raifons captieufes de l'Anglois , la haine que j'avois pour
la vie , tout s'unit pour me
faire adopter fa façon de penfer.
Plus d'une fois j'avois été tenté
de me délivrer par la mort , de
tous mes malheurs ; mais l'idée,
que deviendrai-je, quel fera mon

deſtin ? m'avoit toujours retenu.
L'Anglois leva les doutes que
je lui propoſai : enfin il me per-
ſuada qu'il n'y avoit aucun riſ-
que à courir, & que la Providence ne pouvoit qu'approuver
mon deſſein. L'après - midi du
même jour fut choiſie pour l'ac-
compliſſement de ce projet fatal ; il m'embraſſa en ſortant.
» Je vous reconnois, me dit-il,
» pour un héros, pour un ſa-
» ge «. Lorſque je fus ſeul, le
cœur me battit violemment. Je
me reprochai ma lâcheté, & je
me dis qu'il valoit mieux ſouffrir que de diſpoſer d'un bien
qui ne m'appartenoit pas. Cependant je pris le Caton d'Adiſſon,
je le lus, & bientôt je penſai
comme luï. Mon Anglois parut
à l'heure marquée : il mit deux
piſtolets ſur la table : je frémis
en les voyant. » Voici, me dit-il

» avec tranquilité, l'heureux inf-
» trument qui va nous délivrer de
» cette vie : tous nos doutes vont
» cesser, le voile va se déchirer,
» nous allons être éclairés. Vous
» pâlissez ? Eh quoi! le bonheur
» d'être libre vaut bien qu'on
» l'achete par un instant de fer-
» meté «. Il chargea les deux
» pistolets, & se mit à genoux à
côté de moi : *O Dieu*, dit-il, *la*
v.... souhaite d'être libre, & de
ne plus gémir sous l'esclavage du
crime : reçois moi dans ton sein:
fais-moi miséricorde dans cet inf-
tant, le dernier des miens. Il dit en
m'embrassant, nous nous reverrons bientôt, puis il me donna un
des pistolets & prit l'autre. Mes genoux tremblans me soutenoient
à peine, il passa un de ses bras
autour de moi, appuya le pistolet sur sa poitrine... Dans l'inftant on frappa rudement à la

porte. Voyons qui eſt là, dis-je,
en balbutiant. Non, non, mourons, dit-il ; il tomba percé de
deux balles. L'effroi me ſaiſit,
je laiſſai m'échapper le piſtolet,
& tombai moi-même ſans mouvement. A mon réveil je me
trouvai dans les bras de Worden, dont les ſoins empreſſés
m'avoient rappellé à la vie.

Fin de la premiere Partie.

BIBLIOTHEQUE NATIONALE DE FRANCE

3 7502 01273951 4

www.ingramcontent.com/pod-product-compliance
Lightning Source LLC
Chambersburg PA
CBHW070505030726
47503CB00004B/1171